소년, 히틀러에 맞서 총을 들다

Underground Soldier

This Korean edition published by arrangement with Scholastic Canada Limited
through Shinwon Agency Co., Seoul.

소년, 히틀러에 맞서 총을 들다

글 마샤 포르추크 스크리푸치 | 옮김 백현주

천개의바람

차례

1장

한기

내 몸 위에 요시프 형의 시체가 있다. 생전에 그는 나와 같은 어린 소년들을 고된 작업에서 보호해 줬는데 죽어서까지 나의 방패가 되어주고 있다.

내 아래에는 굶주려 죽은 두 명의 여자와 한 명의 남자가 깔려 있다. 이들을 짓누르고 있다는 사실에 죄책감이 들었다. 죽어서도 편히 눕지 못하는 이들의 처지가 안타깝지만 내가 이들 아래에 깔렸다면 살아남지 못했을 것이다. 나는 이들의 영혼을 위해 잠시 기도했다.

내 주위에 시체가 가득했다. 이 사람들은 한때 내 친구였고, 수용소 생활을 함께한 포로들이었다. 우리는 나치 강제수용소에서 몇 달 동안 서로를 돕고 살았다.

발소리가 들렸다. 눈을 감고 숨을 죽였다. 죽은 사람처럼 얼굴 근육의 힘을 풀었다. 그 순간 트럭 천막이 젖혀지는 소리가 났다. 눈꺼풀 위로 햇빛이 확 쏟아졌다. 나는 얼굴을 찡그리지 않으려고 노력했다. 흠 하는 소리와 함께 천막이 내려졌다. 다시 익숙한 어둠이 트럭 안을 감쌌다.

트럭 앞문이 딸깍하고 열렸다가 쾅 닫히는 소리, 곧이어 시동 거는 소리가 나고, 디젤 냄새가 풍겼다. 차가 한동안 달리더니 멈췄다. 공포심이 밀려왔지만 무서워할 겨를이 없었다. 내가 살아있다는 것이 발각되면 어떻게 될까, 죽은 듯 보이기 위해 몸에 힘을 풀고 다시 눈을 감았다.

운전수가 독일어로 누군가와 웃으며 이야기를 했다. 문을 지키는 사람일 것이다. 숨죽인 이 시간이 영원처럼 느껴졌다. 아마도 일 분 정도에 불과했겠지만.

엔진 소리와 함께 트럭이 다시 움직였다. 긴장됐던 마음이 조금 누그러졌다. 그러나 고난은 이제 시작이다.

차가 달리는 속도로 보아 수용소에서 일이 킬로미터 정도 벗어난 것 같았다. 이 트럭에서 내려야 한다. 목적지까지 가게 된다면 산 채로 불에 태워질 것이다.

나는 조심스럽게 요시프 형을 밀어내고 몸을 일으켰다. 얇은 병원복 한 장만 걸친 탓에 몸이 덜덜 떨렸다. 허벅지를 꿰맨 상처는 욱신거렸다.

트럭이 폭격으로 울퉁불퉁해진 길을 달리는 듯 크게 흔들렸다. 시체에서 역한 냄새가 올라와 속이 울렁거렸다.

나는 죽은 사람들 사이를 헤치고 무릎으로 기어서 짐칸 끝까지 갔다. 천막이 밖에서 묶여 있었다. 나는 팔 하나를 밖으로 내밀어 노끈이 묶인 곳을 더듬거렸다. 운전수가 길에 파인 구덩이들을 피하느라 자꾸 트럭의 방향을 틀었다. 나는 한 손으로 트럭을 붙잡고 다른 한 손으로 매듭을 풀었다. 비가 내리기 시작했다. 물기 묻은 손이 자꾸만 미끄러졌다. 조바심이 났지만 그래도 침착하고자 했다. 그렇게 한동안 애를 쓴 끝에 천막을 어느 정도 느슨하게 할 수 있었다.

나는 천막 밑으로 몸을 구겨 넣고 맨발로 트럭 난간을 디뎠다. 차갑고 신선한 공기가 폐 속으로 들어왔다. 빗물이 몸 위로 쏟아졌다. 조심스레 트럭에서 뛰어내릴 순간을 기다리는데, 트럭이 구덩이 위를 지나면서 크게 덜컹거렸다. 그 바람에 내 몸은 붕 떠올라 어둠 속으로 떨어졌다.

2장

별

콧등 위로 빗방울이 떨어졌다. 팔다리가 생각처럼 움직이지 않았다. 이곳은 어디쯤일까. 비가 떨어지는 하늘 위로 별빛이 가득하다. 그중 유난히 반짝이는 별 하나가 점점 커진다. 그때 정신이 번쩍 들었다. 불빛이 나를 향해 떨어지고 있었던 것이다.

재빨리 몸을 웅크리고 구르다시피 기어서 배수로 아래로 몸을 숨겼다. 온몸이 찢어지는 듯한 아픔이 밀려왔다. 폭탄이 터지고 땅이 흔들렸다. 조금만 늦었어도 큰일 날 뻔했다. 이를 악물고 겨우 몸을 일으켜 두 발로 섰다. 바로 전에 누웠던 자리에 연기가 피어올랐다.

저 멀리 더 큰 폭탄이 떨어졌다. 농작물 경작지와 그 앞에 줄지어 서 있는 공장에서 불길이 치솟았다. 눈앞이 번쩍하며 또다시 폭탄이 터졌다. 무릎에 힘이 풀려 주저앉고 말았다.

수용소에서 탈출한 것이 잘못된 선택이었을까. 그곳의 생활은 너무나 힘들었다. 하지만 거기에는 리다가 있었다. 어쩌면 계속 남아있는 게 현명했을지도 모른다.

불쌍한 리다. 리다는 나에게 수용소에서 탈출할 용기를 주었는데 나는 리다를 두고 왔다. 마음이 무거웠다. 리다는 나를 오빠처럼 생각했고 나도 리다를 친동생처럼 아꼈다. 수용소에서 무사히 지내고 있을까? 나에게 선택의 여지가 없었음을 알아주면 좋겠다.

요시프 형은 목숨이 위험할 정도로 상처를 입은 것은 아니었다. 하지만 수용소 병원에서 받는 치료만으로는 나아지지 않았다. 수용소 병원을 믿을 수 없었다. 그래서 기회가 왔을 때 그곳에서 탈출해야만 했다. 리다도 가능했다면 그렇게 했을 것이다.

어쨌든 전쟁의 끝이 보이는 듯하다. 나는 키예프로 돌아가 아버지를 찾아야 한다. 갈 수 있다면 걸어서라도 갈 것이다. 리다는 이런 나의 상황을 이해해 줄 것이다.

'사랑하는 리다, 무사해야 해. 다른 세상에서라도 우리가 다시 만날 수 있을까.'

리다를 생각하는 동안에도 폭탄이 떨어졌다. 하늘이 환해지면서 저 멀리 산등성이가 보였다. 비에 젖은 가을 들판이

반짝였다. 폭발로 주위가 환해졌을 때 거리를 가늠해 보았다. 수용소에서 이 킬로미터 정도 멀어진 듯했다.

나는 수용소에서는 매일 사람들과 기차를 타고 도시로 나갔다. 어느 금속 공장에서 다른 포로들과 함께 하루 열두 시간씩 폭탄에 사용되는 부속품을 만들었다. 아침 교대 시간까지 꼬박 일을 하면 기차를 타고 돌아갈 때쯤 녹초가 되곤 했다. 그래서 사람들과 많은 이야기를 할 수가 없었다. 그런 어느 날 요시프 형이 기차 창문을 가리키며 말을 걸었다.

"루카, 이 산을 봐. 우리나라의 카르파티아산맥과 이어져."

다른 노역자가 고개를 끄덕이며 말했다.

"너무 멀리 있는 게 안타까울 뿐이야."

주위는 다시 어둠에 휩싸였다. 나는 다리에 난 상처에 손바닥을 올렸다. 상처를 꿰맨 봉합이 벌어지긴 했지만, 다행히 피가 흐르지는 않았다. 몸을 움직이자 등과 어깨에 통증이 느껴졌다. 그래도 움직일 수 있다는 것이 행운이라 생각했다. 트럭에서 날아올랐을 때 부드러운 진흙 구덩이에 떨어졌다. 정말 운이 좋았다. 나는 몸 여기저기에서 느껴지는 크고 작은 고통을 모른 체하며, 폭탄이 터질 때 보았던 산등성이를 향해 걸었다.

한참 걷다 보니 농장이 나왔다. 맨발에 진흙이 닿자 돌멩이와 동물의 배설물이 밟혔다. 땅이 질퍽거려 걷기가 힘들었다. 단단한 나뭇가지 하나를 주워 지팡이 삼아 걸었다. 지팡이마저 진흙 속에 깊이 빠졌으나 없는 것보다는 나았다. 다리의 상처가 욱신거렸고 비에 젖어 오한이 들었지만, 정신을 집중해 한 발 한 발 걸었다. 동이 트기 전에 몸을 숨겨야 했다.

트럭 한 대가 다가오는 소리가 들렸다. 나는 얼른 진흙 위로 몸을 바짝 엎드렸다. 나치 군인들이 트럭을 타고 순찰을 돌고 있다는 사실을 굳이 눈으로 확인할 필요는 없었다.

트럭 소리가 지나간 뒤 천천히 몸을 일으켜 다시 산을 향해 터덜터덜 걸었다. 산이라도 안전하다는 보장은 없었지만 어쨌든 수용소와 도시에서 멀어지기 위해 걸었다.

트럭에서 떨어질 때 머리를 부딪쳐 두통이 있었는데 걷다 보니 머리가 조금 맑아졌다. 눈이 어둠에 익숙해지자 내가 걷고 있는 땅이 돌이 박힌 진흙이 아니라 채소밭이란 걸 알았다. 몸을 굽혀 바닥에 묻힌 농작물을 파냈다. 자세히 살펴보니 주먹보다 약간 큰 묵직한 감자였다.

예전 기억이 떠올랐다. 돼지고기가 가득 든 맛있는 페로기(우크라이나식 만두)에 사워크림을 곁들인 식사, 그리고 엄마의 웃는 얼굴.

손에 쥔 감자를 한 입 크게 베어 물었다. 쌉싸름하면서도 익숙한 맛이다. 감자가 아니라 무였다. 수용소에서 하루도 빠짐없이 묽은 무 수프를 먹었는데 하필 도착한 곳이 무밭이라니. 그래도 이건 오래된 무를 물러질 때까지 끓인 수프가 아니라 단맛이 느껴질 정도로 신선한 무였다. 그리고 어쨌든 굶주린 배를 채울 수 있었다.

비가 그치고 하늘이 밝아졌다. 집으로 갈 수 있는 유일한 길인 산맥이 저 멀리 보였다. 저곳에도 나치가 있을까? 이곳을 잘 알지 못하는 사람들에게는 지형이 험해 길을 찾기 어려울 것이다. 아마도 산 쪽에는 군인을 보내지 않았을 가능성이 높다.

무 한 개를 다 먹기가 힘들었지만 그렇다고 먹던 무를 버리고 싶지는 않았다. 남은 무를 싼 뒤 걸음을 옮겼다. 순간 발뒤꿈치에 무언가가 쑥 박혔다.

나는 그 자리에 털썩 주저앉았다. 유리 조각이었다. 나는 발바닥에 박힌 유리 조각을 조심스레 뽑아서 땅바닥에 내던졌다.

고통을 꾹 참고 다친 부위를 쥐어짰다. 피가 왈칵 쏟아져 나왔지만 계속 상처를 짜냈다. 아직 유리 조각이 살 속에 있는 것이 느껴졌다. 아주 작은 유리 조각이라도 남아있다면 걸을 수가 없다. 손가락이 아프도록 발을 눌렀다. 마침내 살 속에서 날카롭게 빛나는 작은 유리 조각이 삐져나왔다. 나는 혹시라도 더 남아 있지 않을까 싶어 상처를 계속 눌렀다. 더 이상은 없는 것 같았다. 반대쪽 무릎 위에 다친 다리를 올리고 이제 무엇을 해야 할지 골똘히 생각했다. 그러는 동안에도 상처에서 계속 피가 나왔다.

너에게는 스스로를 치유할 방법이 있어. 마음 깊은 곳에서 아버지의 목소리가 들려왔다. 눈을 감고 아버지를 떠올렸다. 아버지라면 이런 상황에서도 쉽게 포기하지 않을 것이다.

"내가 이 약과 책들을 없애버리기라도 해야 하는 것이오? 이것들을 모으는 데에 수년이 걸렸소. 나는 사람들을 도울 수 있다오. 특히 지금과 같은 전쟁 기간에는 더욱!"

아버지가 답답하다는 표정으로 말했다.

"이걸 가지고 있다간 체포되고 말 거예요. 소련 경찰이 한 말을 알고 있잖아요. 나치 군이 키예프에 쳐들어오기 전에 모든 것을 없애야 해요."

엄마도 답답하다는 표정으로 말했다.

"나더러 우리 키예프 사람들을 구하지 말란 소리요?"

"볼로댜, 제발 그들의 말대로 해요."

"그들의 말대로 한다면 사람들이 죽게 될 거요."

다음 날 아버지는 나와 어머니의 손을 잡고 길거리로 내몰렸다. 동네 건달이었던 사샤와 미샤가 소련 비밀요원(NKVD) 제복을 입고 나타났다. 이들은 우리 집 창문을 깨고 아버지가 모은 약품이며 장서를 밖으로 마구 던져버렸다. 우리는 그저 지켜볼 수밖에 없었다. 그들은 아버지가 쓴 원고를 찢어버리는 것도 모자라, 책을 모두 길바닥으로 내던지고 불을 붙였다. 나는 이들 비밀요원을 증오한다.

"그런 것들은 필요 없어요. 나는 그것들이 없어도 사람들을 치료할 수 있어요."

아버지는 그렇게 말했고 실제로 그렇게 했다. 구두약이라든지 거미줄, 자작나무 잎, 쐐기풀 등 주변에 있는 것들을 이용해서 약을 만들어 사람들을 도왔다. 그리고 내게도 약 만드는 법을 알려주었다. 아버지는 그렇게 사람들을 돕다가 이웃에게 나치 스파이라는 죄명으로 고발당했다.

제복을 입은 사샤가 문으로 다가왔다. 무엇을 찾고 있는 것일까. 이미 모든 귀중한 것을 파괴하지 않았던가.

그들은 선반으로 다가가 기어코 숨겨진 비밀 장소를 찾아냈다. 나는 등골이 오싹해졌다. 지난 수백 년 동안 가문 대대로 내려오는 치료법 책을 그곳에 숨겨두었기 때문이다. 거기에는 허브며 꽃 등 식물이 놀라울 정도로 섬세하게 그려져 있다. 그리고 그림 아래에는 가는 붓으로 직접 쓴 설명이 적혀 있다. 중세 시대에 독일인 수녀가 쓴 책이었다. 나치와는 전혀 상관이 없었다.

“이럴 줄 알았어. 독일어 책이다!”

사샤가 서랍 깊은 곳에서 낡은 고서를 꺼내어 갈기갈기 찢어버렸다. 종잇조각이 마루 위와 현관 위로 날렸다. 그는 아버지의 손에 수갑을 채우고 끌고 갔다. 그 이후로 아버지를 볼 수 없었다.

나는 눈을 뜨고 아버지처럼 생각하려고 노력했다.

진흙. 그래 진흙. 나는 흙 속에 손을 밀어 넣었다. 깊숙이 넣어서 가장 아래쪽에 자리하고 있는 흙을 파냈다. 그것을 뭉쳐 발에 난 상처에 대자 피가 흙에 스며들었다. 몇 분이 지나 진흙을 떼어 내고, 다시 새로운 흙을 파서 상처에 바르고 지혈했다. 그리고 웃옷을 길게 찢어서 발을 단단히 동여맸다.

천천히 몸을 일으켰다. 그리고 걸었다. 지팡이에 몸을 기댄 채 절뚝거리며 걷느라, 추위나 비바람을 느낄 새도 없었다.

새벽이 왔는지 주위가 어슴푸레했다. 길이 유난히 반짝거렸다. 뼈대만 남은 직사각형 모양의 건물에서 떨어져나온 유리 파편들이 바닥에 박혀 있었다. 그중 멀리 날아온 하나를 내가 밟은 것이다. 순간 얼마나 운이 좋았는지 깨달았다. 짙은 어둠 속에서 이 유리 조각들 위를 지나갔다면 어떻게 됐을까. 발이 마구 찔려 피가 철철 났을 것이고 과다 출혈로 그 자리에서 죽었을지도 모른다.

건물을 피해 계속 걸었다. 건물은 온실이었던 것 같았다. 저 안에는 과일이며 채소, 그리고 유리 조각이 범벅이 된 채 방치되어 있겠지. 과일과 채소를 생각하니 침이 고였다. 하지만 이제는 먹을 수 없게 되었다. 독일 농장을 폭격한 영국이나 미국 연합군을 비난하는 것이 아니다. 나는 포로들을 빼고, 나치만 공격하는 방법이 있으면 좋겠다고 생각했다.

나는 쉴 곳을 찾아 헛간이나 건초 더미가 있는지 계속 살폈다. 더 이상 한 발짝도 움직이지 못할 때쯤 풀이 자란 언덕이 나타났다. 나는 다리를 절며 올라갔다. 주변을 휘둘러보았다. 저 밑에 검은 타르 종이로 창문을 바른 낡은 농가가 보였다. 예전에는 꽤 괜찮았을 집이었다. 농가 근처에는 작은 건물이 두세 채 더 있었다. 농가에서 가장 가까이에 있는 건물은 지붕이 폭격을 맞았다. 건물 앞에는 물 펌프와 구유가 있었다. 펌프질을 해서 물을 마시고 싶은 마음이 간절했다.

나는 한참을 살펴보다가 언덕을 내려갔다. 문이 닫혀 있는 건물을 찾아 살금살금 다가갔다. 그때 근처에 폭탄이 떨어져 하늘이 잠시 밝아졌는데, 반대편 언덕에도 헛간이 있는 것이 보였다. 비바람에 낡았지만 아직 폭격을 받지 않아 멀쩡했다.

나는 다리를 절면서 헛간으로 다가갔다. 작은 문에 달린 걸쇠를 올리고, 문을 살며시 밀다가 멈췄다. 안에 개가 있는지 알아야 했다.

일 초… 이 초… 삼 초.

개는 없는 듯 싶었다.

나는 안으로 들어갔다.

3장

온기

아침이 되어 주위가 따듯해졌다. 편안한 느낌이 들었지만 동물의 배설물 냄새 때문에 코가 마비될 지경이었다. 잠이 깨자 외양간 구석에서 나를 지켜보는 눈이 보였다. 겁에 질렸다기보다는 호기심이 가득한 눈빛이었다. 나는 다리를 절며 말에게 다가갔다. 그리고 손을 뻗어 해칠 의도가 없음을 알렸다. 말은 내 손에 콧김을 뿜으며 얼굴을 내 목에 비벼댔다. 그러다 재채기를 해 콧물이 내 몸에 흠뻑 튀었다. 나는 예상치 못한 상황에 그만 큰 소리로 웃었다. 말에 몸을 기대니 온기가 느껴졌고, 눈을 감은 그 순간만큼은 내가 안전하다고 느꼈다.

어린 시절의 기억이 떠올랐다. 키예프 외곽에 위치한 할아버지네 농장 뒤에는 숲이 있었다. 아버지가 끌려가기 전에는 일요일마다 할아버지 농장에 방문했다. 우리가 가꾸는 작은 텃밭도 있었다.

할아버지는 옛날 사람이어서 콜호스(구소련의 집단 농장)에서 공산주의 체제로 일하지 않고 소박한 삶을 살았다. 쿨리아라는 등이 굽은 나귀 한 마리를 키웠는데 동작이 정말 느렸다. 쿨리아의 회색 갈기는 옛날이야기에 나오는 바바 야가(슬라브 신화에 나오는 마녀)의 머리처럼 사방으로 뻗쳐 있었다. 하도 엉켜 있어서 손으로 빗겨 주기가 쉽지 않았다. 한번은 할아버지가 나를 나귀 등에 태워주었는데 쿨리아는 그냥 서 있기만 했다. 그래서 나는 몸을 앞으로 구부려 쿨리아의 목을 안고 가만히 있었다. 따뜻하고 안전하다고 느꼈다.

"너도 이름이, 혹시 쿨리아니?"

나는 독일 말에게 말을 걸었다. 말은 고개를 숙여 내 볼에 묻은 진흙을 핥아주었다. 나는 말에게 먹다 남은 무를 줬다. 말은 킁킁 냄새를 맡더니 코를 찡그리고 내 볼을 계속 핥았다. 무를 먹느니 차라리 진흙이 낫다는 것을 아는 것 같았다.

어둠 속에서 거친 숨소리가 들렸다. 나는 헛간 바닥에 납작 엎드렸다. 그때 지저분한 흰 소 한 마리가 얼굴을 들이밀었다.

"안녕, 빌라. 우리 친하게 지낼까?"

나는 한 손으로는 소의 귀 사이 뼈가 불룩 튀어나온 곳을, 다른 손으로는 콧잔등을 쓰다듬었다. 소는 콧김을 내뿜더니 믿음이 담긴 눈으로 나를 쳐다보았다. 나는 그 눈빛을 긍정의 대답으로 생각했다.

내가 헛간에 있어도 동물들이 크게 신경 쓰지 않고 편안하게 느낀다는 생각이 들었다. 아버지의 목소리가 들리는 것 같았다.

'너에게는 스스로를 치유할 방법이 있어.'

헛간을 둘러보았다. 소와 말 앞에는 건초가 한 무더기씩 놓여있었지만 물은 없었다. 말 우리 맞은편에 귀리가 들어 있는 통을 발견했다. 그 안에는 나무 국자도 들어있었다. 나는 귀리를 한 움큼 집어 입으로 가져갔다. 씹으려고 했지만 너무 딱딱해서 도로 뱉었다.

아버지의 가르침을 생각하며 쓸만한 것이 있는지 주의 깊게 살폈다.

암소. 암소는 우유를 줄 수 있다.

그때 밖에서 발소리가 났다. 순간 몸이 굳어버렸다. 느릿한 발소리와 음정이 맞지 않는 휘파람 소리가 들렸다.

어디에 숨어야 할까. 나무 계단을 올라가면 아마도 건초를 보관하는 다락이 나올 것이다. 숨기에 좋은 장소는 아니지만 다른 방법이 없었다. 나는 다친 발을 끌고 계단을 기다시피 올라갔다.

한 남자가 말 우리 쪽으로 다가와 독일어로 말했다. 나는 숨을 참았다. 그가 고개를 젖힌다면 분명 내가 보일 것이다.

그는 말 고삐를 풀었다. 순간 코가 간지러웠다. 읍, 나는 코를 틀어쥐었다. 죽을 힘을 다해 재채기를 참았다. 쿨리아와 마음이 통한걸까. 나 대신 재채기를 했고 콧물이 사방으로 튀었다. 남자가 빙그레 웃었다. 나는 위에서 농부가 나가는 모습을 바라보았다.

그는 익숙하게 말을 몰고 나가 밖에 풀어주었다. 그리고 헛간으로 돌아와 구유에 귀리 한 사발을 부어준 뒤 벽에 걸린 양동이를 내려 들고 작은 스툴(등받이와 팔걸이가 없는 서양식 작은 의자) 위에 앉았다. 소 젖이 규칙적으로 양철통에 떨어지는 소리가 들렸다. 저 우유를 마실 수 있다면 얼마나 좋을까. 신선한 우유가 허기나 갈증뿐만 아니라 다리와 발에 입은 상처까지 치유해줄 것만 같았다.

농부는 곧이어 소도 데리고 나갔다. 널빤지 사이로 빌라가 쿨리아에게 다가가는 것이 보였다. 두 동물은 나란히 들판에 서서 평화롭게 풀을 뜯어 먹었다. 농부는 양철통을 들고 집으로 돌아갔다. 할 일이 많아서 나를 발견하지 못하기를 바랄 뿐이었다. 헛간 문은 여전히 활짝 열려 있었고 밝은 햇살이 안으로 들어왔다. 그때 빌라의 구유 옆에 내가 지팡이로 삼았던 막대기가 세워져 있는 것이 보였다.

농부가 집 안으로 들어갈 때까지 기다렸다가 살금살금 내려왔다. 얼른 지팡이를 들고 계단을 다시 기어올랐다. 다락 구석에 몸을 숨기자 농부의 집 문이 열렸다. 마른 여자가 밖으로 나왔다. 농부의 딸일까, 아내일까.

여자는 지붕 한쪽이 무너진 별채로 가서 문을 열고 안으로 들어갔다. 잠시 후 여자가 나오고 그 뒤로 닭 몇 마리가 따라 나왔다. 여자는 계란이 가득 든 바구니를 양손으로 들고 있었다. 묵직해 보였다. 입안이 바짝 말랐다. 여자가 미처 발견하지 못한 계란 한 알이라도 얻을 수 있다면 얼마나 좋을까.

나는 하루가 꼬박 지나도록 다락에 숨어서 농가를 지켜봤다. 남자가 물 펌프를 사용할 때 시끄러운 소리가 났다. 몰래 물을 퍼낼 만한 소리가 아니었다. 죽은 자를 깨울 만한 소리였다.

남자는 쿨리아 등에 수레를 메고는 진창길을 따라 무와 비트가 심어진 밭으로 갔다. 어젯밤 비트를 발견했더라면 좋았을 텐데. 생무보다는 생비트가 훨씬 낫기 때문이다. 어느 것이든 무보다는 나을 것이다.

나이든 남자 한 명과 연약해 보이는 여자 한 명이 이 큰 농장을 관리하는 것이 이상해 보였다. 다른 일꾼들이나 아이들은 없는 것일까? 남자가 농작물을 수확하는 동안 여자는 집과 별채를 부지런히 오갔다. 빨래 더미를 가지고 나와서 바지, 셔츠, 속옷 등을 줄에 걸었다. 나는 내 환자복을 내려다보았다.

수레가 농작물로 꽉 차자 남자는 쿨리아를 몰고 농가 옆의 작은 창고로 향했다. 아마도 식품 저장고일 것이다. 남자와 여자는 수레에서 비트와 무를 내려 창고 안으로 옮겼다.

나는 그들의 행동을 자세히 보았다. 그런데 자꾸 눈꺼풀이 무거워졌다. 나도 모르게 잠이 들었다.

4장

코 고는 소리

폭탄이 떨어지는 소리에 화들짝 놀라 잠이 깼다. 하늘이 불타는 듯했다. 얼마나 오래 잔 것일까. 다락 밑에서 쌕쌕거리는 소리가 들렸다. 어두워서 보이지는 않지만 쿨리아가 아래에서 자고 있을 것이다. 쿨리아에게 천식이 있는 듯한데 왜 아무 조치를 취하지 않을까. 말은 한 마리뿐인데 말이다. 모든 상황이 퍼즐 같았다.

몸을 죽 펴려고 했지만 다리가 뻣뻣해서 잘 펴지지 않았다. 허벅지의 꿰맨 상처를 조심스럽게 더듬었다. 아직도 상처에 딱지가 앉지 않았다. 상처를 깨끗하게 씻지 않는다면 덧날 것이다. 발에 깊게 난 상처도 더듬어보았다. 옷을 찢어 동여맨 붕대가 아직 감겨 있는데, 진흙과 피가 엉겨붙은 채 딱딱해져 있었다. 피는 멈추고 더 이상 아프지도 않았지만 이대로 계속 걸어다닌다면 더디게 나을 것이다. 이런 상황에서 내가 할 수 있는 것은 아무것도 없었다. 얼른 이곳을 벗어나는 수밖에. 이 농가는 수용소에서 그리 멀리 떨어져 있지 않다. 누군가 나를 찾으러 이곳까지 올지도 모를 일이다.

해야 할 일을 정리해 보았다. 허벅지 상처를 깨끗하게 한다. 먹을 것을 찾는다. 옷과 신발을 찾는다. 멀리 도망간다.

다리를 주물러 쭉 폈다. 천천히 계단을 내려가자 쿨리아가 반가워하며 쌕쌕 소리를 냈다. 콧물에 맞지 않도록 팔을 길게 뻗어 콧잔등을 쓰다듬어 주었다.

어둠 속에서 벽에 걸린 양철통이 눈에 띄었다. 나는 양철통을 들고 빌라에게 다가갔다. 한번도 소 젖을 짜본 적은 없지만, 할아버지 농장에서 본 적이 있다. 나는 머릿속으로 순서를 생각하며 농부가 사용했던 나무 스툴에 앉아 바닥에 양철통을 두었다.

네 개의 젖꼭지가 보였다. 먼저 앞쪽 두 개의 젖꼭지를 지그시 눌렀다. 아무것도 나오지 않았다. 빌라가 발을 굴렀다.

두 손을 비벼 따듯하게 한 뒤에 다시 젖꼭지를 누르며 양철통을 내려다봤다. 여전히 우유는 나오지 않았다.

그때 농부가 젖을 짜기 전에 빌라에게 귀리를 줬던 생각이 났다. 나는 귀리를 한 국자 퍼서 빌라의 구유에 부어주었다. 빌라가 귀리를 질겅질겅 씹을 동안 세 번째 시도를 했다.

씨이익 하는 소리와 함께 양철통에 가는 우유 줄기가 쏟아졌다. 나는 빌라가 식사를 하는 동안 천천히 그리고 조심스럽게 우유를 짰다. 겨우 한 컵 정도의 우유를 모았다. 당장 양철통을 입으로 가져가고 싶은 마음을 참았다. 우선 허벅지 상처를 깨끗하게 해야 했다.

병원복을 찢어 만든 붕대를 풀고 그나마 깨끗한 곳을 찾아 다시 찢었다. 신선한 우유에 천을 적셔서 봉합한 자리를 부드럽게 닦아냈다. 열심히 닦은 후 양철통을 들고 나머지 우유를 마셨다. 바짝 마른 입을 치유해주는 약 같았다. 마지막 한 방울까지 다 마셨다.

"고마워, 빌라. 넌 내 생명의 은인이야."

극심한 허기가 조금이나마 가시고 허벅지 상처도 가능한 깨끗하게 했으니, 이제 옷을 구해서 이곳을 빠져나갈 차례였다.

나는 헛간을 나가서 무너진 닭장 쪽으로 향했다. 또 다른 폭탄이 하늘을 환하게 밝혔다. 집 전체의 윤곽이 드러났다. 짜증나게도 빨랫줄이 비어 있었다. 창문으로 다가가 타르 종이가 발라진 안을 들여다보려고 했지만 전혀 보이지 않았다. 남자와 여자가 깨어 있는지 자고 있는지 알 수가 없었다. 하늘이 어두운 정도로 보아 자정이 가까운 것 같았다. 이렇게 늦게까지 깨어 있는 농부는 없을 것이다.

숨을 죽이고 귀를 쫑긋 세웠다. 집 안에서 나는 작은 소리를 분리해서 들으려고 집중했다. 처음에는 아무 소리도 분간할 수 없었지만, 차츰 안에서 희미하나마 규칙적인 소리가 들렸다. 한 사람이 코 고는 소리였다.

수용소의 밤은 사람들의 소리로 가득 찬다. 코 고는 소리, 뒤척이는 소리, 훌쩍이는 소리, 잠꼬대 소리……. 그런데 지금 이렇게 한 사람이 코 고는 소리를 들으니, 이상하게 안전한 곳이라는 느낌이 들었다. 아버지가 붙잡혀 가기 전 우리는 약국 뒤에 딸린 아늑한 집에 살았는데 그곳에서도 밤에 비슷한 소리가 났다. 어떤 날은 아버지가 코 고는 소리에 잠이 깨기도 했다.

"어떻게 아빠랑 같은 침대에서 주무실 수 있어요? 머리 아프지 않으세요?"

언젠가 어머니에게 물은 적이 있다. 어머니는 내 질문에 그저 웃기만 했다.

"루카, 나는 아빠가 코 고는 소리가 좋아. 이상하게 안전한 느낌이 들거든."

아버지가 붙잡혀 간 날 우리는 길거리에서 자야만 했다. 길거리에서 들리는 소리는 코 고는 소리보다 훨씬 크고 무서웠다. 다행히 친구 다비드의 어머니가 흐레샤티크(우크라이나의 수도 키이우에 있는 도로) 거리에서 웅크린 채 잠들어 있는 우리를 발견하고는 그들의 집에서 함께 살 수 있도록 배려해주었다. 다비드네 가족은 원래 살았던 빵 가게가 딸린 작은 집에서 살지 않았다. 그 가게와 집은 모두 나무판자로 가려져 있었다.

"이제 그곳은 안전하지 않아. 사람들이 약탈할 물건이 있을 때는 더더욱!"

우리는 다비드네 가족이 살고 있는 곳으로 갔다. 미망인 보호 시설에서 제공하는 다가구 주택의 한 칸짜리 방이었다.

나는 깜빡 잠이 들었다가 한밤중에 다비드네 어머니가 중얼거리는 잠꼬대 소리에 깼다. 내 옆에서 엄마가 베개에 얼굴을 묻은 채 숨죽여 흐느끼고 있었다. 그때 나는 한 사람이 코를 고는 소리가 얼마나 위안이 되는지를 깨달았다.

나는 숨을 깊이 내쉬며 기억을 머리에서 몰아냈다. 코 고는 소리가 난다는 것은 안에서 사람이 자고 있다는 뜻이다. 문을 열고 재빨리 옷과 부츠를 가지고 나올 수 있을까? 운이 따라서 근처에 음식이 있다면 한 움큼 가지고 나올 수도 있을 텐데. 그리고 다시 길을 떠나야지.

문고리를 살며시 돌렸다. 열려 있다! 소리를 내지 않도록 조심하면서 문을 열었지만 녹슨 경첩에서 소리가 났다. 순간 인형처럼 몸이 딱딱하게 굳었다. 코 고는 소리가 계속 들렸다. 나는 다시 살금살금 어둠 속으로 향했다. 그 순간 딸깍 소리가 났다.

"손 들어. 안 그러면 쏠 거야."

독일 억양이 섞인 우크라이나어로 여자가 말했다.

***

형광등 불빛에 눈이 부셨다. 주방이 넓었다.

낮에 빨래를 널고 계란을 주워 간 여자가 장식이 새겨진 나무 의자에 앉았다. 여자는 하얗게 세기 시작한 갈색 머리를 두 갈래로 땋아 내렸고 그 위에 붉은색 두건을 두르고 있었다. 굳게 다문 입이 몹시 짜증스러워 보였다. 낮에 멀리서 보고 생각했던 것보다 더 나이가 들어 보였다. 그리고 연약해 보이지 않았다. 여자는 엽총으로 내 머리를 겨눴다.

나는 손을 머리 위로 올리고 몸을 움츠렸다. 찢어진 병원복이 가슴께까지 올라가서 부끄러웠다.

여자는 머리부터 발끝까지 나를 살펴보고는 코를 찡그렸다.

"너는 더러운 도둑이야."

말투가 수용소의 관리자들과 비슷했다. 그들은 우크라이나어, 러시아어, 폴란드어를 썼지만 독일어 억양이 가장 강했다. 그때 옆 방에서 코 고는 소리가 멈췄다.

"마가레테, 무슨 일 있어요?"

"헬무트, 괜찮아요."

잠시 후 남자가 붉은 플란넬 셔츠의 단추를 잠그며 주방으로 들어왔다. 맨발에 머리가 헝클어져 있었다.

"뼈만 남았군. 몇 살쯤 됐을까? 열두 살?"

남자는 내가 자기 말을 알아듣지 못한다고 생각하는 것 같았다. 아니면 알아들어도 상관없다 여기는지도 모른다.

"당신이 쏠 거요? 아니면 내가 쏠까요?"

"제발 쏘지 마세요!"

내가 독일어로 말을 하자 남자는 놀란 눈치였다. 잠시 망설이더니 말을 이었다.

"너는 어린아이지만 내 밭에 침입해서 헛간을 부수고 동물들을 괴롭혔어. 진흙 묻은 발로 온 곳을 돌아다니고 이제 우리 집까지 들어왔지."

'그러는 당신네 나라 사람들은 우리나라에서 무슨 짓을 했는데?'

화가 치밀어 올랐지만 입을 굳게 다물었다. 반성하는 것처럼 보이려고 고개도 숙였다.

"죄송합니다. 집과 농장에 피해를 드려서 죄송해요."

남자가 코웃음을 쳤다.

"왜 노크를 하지 않았지?"

여자가 우크라이나어로 물었다. 총구를 조금 낮췄지만 여전히 손가락을 방아쇠에 걸고 있었고 또 내 가슴께를 겨누고 있었다.

농담인 걸까? 강제 수용소에서 탈출한 포로가 독일인의 농가로 가 문을 두드리고 도움을 요청하라고?

"제가 그렇게 했으면 도와주셨을까요?"

여자는 어깨를 으쓱했다.

"아마도. 네가 탈출한 첫 번째 아이는 아니니까."

"하지만 수용소로 돌려보낼 수도 있잖아요. 아니면 총으로 쏠 수도 있고요."

"그래서 도둑질을 했다는 거냐?"

"저는 무기도 없고, 부상을 당했고, 여러 날 동안 굶었어요. 도둑이라고 말하고 싶으면 그렇게 하세요. 그냥 옷과 신발을 가져가려고 했던 것뿐이에요. 그리고 먹을 게 있다면 먹을 것도 조금…."

"이 집이 부잣집처럼 보이니?"

나는 대답하지 않았다.

"우리가 이렇게 우울한 곳에 살고 싶어서 사는 줄 아니? 우리는 이곳에 버려졌어."

갑자기 모든 상황이 이해가 됐다. 이들이 우크라이나어를 할 수 있는 것도.

전쟁 전 키예프에는 독일인 이주자들이 있었다. 하지만 1939년 모두 사라졌다. 당시에는 그들이 시베리아로 추방을 당하거나 공동묘지에 묻혔을 거라고 생각했다. 분명 그들 중 일부가 그렇게 되었다. 히틀러와 스탈린이 같은 편에 섰던 전쟁의 처음 이 년 동안, 많은 사람이 다른 지역으로 이주해야만 했다.

"나치가 우리에게 이 농장을 줬어. 하지만 우리는 재산도 가축도 없었지. 우리 자식들은 군대로 끌려갔고."

나는 연민의 표정을 지으려고 했지만 어색했다. 이들이 이 농장으로 이주하기 전에는 누가 살았으며, 그들은 지금 어디에 있을까 하는 의문이 떠올랐다.

나 또한 나치로부터 집에서 쫓겨났다. 이 독일 부부와 다르게 우리에게는 농장이 주어지지 않았다. 리다도 집에서 납치되어 가족과 생이별을 했다. 나처럼 리다도 독일인 공장에서 하루에 열두 시간씩 일해야 했고, 묽은 무 수프로 생명을 부지해야 했다. 나와 리다뿐만이 아니다. 내가 있었던 수용소에는 똑같은 처지의 사람이 수천 명도 넘었다. 이런 강제 수용소가 몇 개나 있었던가. 수많은 전쟁 포로가 이 정도 농장을 보면 뭐라 말할까. 천국과 같다고 생각하지 않을까. 하지만 나는 이 사람들에게 이야기할 수 없었다. 이들은 이해하지 못할 것이다.

"굶주려 본 적은 없으시겠죠."

내가 대답하자 여자는 남편을 쳐다보고 눈빛을 주고받았다. 남자가 고개를 끄덕이자 여자는 총을 내려놓았다.

"우리가 너를 믿어도 될지 모르겠구나. 하지만 결정하기 전까지 너를 총으로 쏘지는 않을 거야. 먼저 몸부터 씻어야겠구나."

5장

달걀

농장 밖은 허술해 보였지만 헬무트 아저씨가 화장실로 안내를 해주었을 때 깜짝 놀랐다. 네 개의 발이 달린 커다란 도자기 욕조와 신식 변기, 희고 빛나는 입식 세면대가 있었다. 일반 가정집에 이렇게 고급스러운 화장실이 있다는 것이 놀라웠다. 전쟁 전에 이곳에 살았던 가족은 상당히 부유했을 것이다.

"몸에 걸친 누더기는 이곳에 넣어라."

헬무트 아저씨가 쓰레기통을 들고 왔다.

옷을 벗고 서 있자니 부끄럽고 추웠다. 헬무트 아저씨가 샤워기에서 물을 틀어 높이를 맞춰줬다. 수도꼭지 위에 부착된 철망에 스펀지와 비누 한 조각을 놔주고 물이 바닥에 튀지 않도록 욕조 주변에 샤워 커튼을 둘러주었다. 샤워 커튼은 태어나서 처음 봤다. 아저씨는 세면대 옆에 수건을 놓고 문고리에 잠옷을 걸어주고는 문을 닫고 나갔다.

욕조 안에 들어가기 위해 다리에 힘을 주자 다친 허벅지가 욱신거렸다. 따듯한 물이 머리부터 몸으로 쏟아졌다. 검은 때가 물에 씻겨 하수구로 내려갔다. 오래 묵은 때가 벗겨지자 비로소 인간다워지는 기분이 들었다. 끔찍한 수용소에서 여전히 힘겨운 노동을 하고 있을 리다와 리다를 돕지 못한 무기력한 내가 떠올랐다. 잃어버린 어머니와 아버지도 생각났다. 어디에선가 살아계실 것이다. 또 친구 다비드도 생각이 났다. 다비드는 결국 죽었고 나는 살아남았다. 나는 그에게 어떤 친구였을까.

이 부부가 어떻게 결정을 내리든 내 계획에는 변함이 없다. 옷과 신발, 음식을 얻어서 고향으로 떠날 것이다. 이 전쟁에서 살아남아 부모님을 찾아야 한다. 아버지를 먼저 찾고 나서, 리다를 찾아 고향으로 함께 갈 것이다. 더는 다비드와 함께할 수 없지만 리다만은 포기하지 않을 것이다.

수건으로 물기를 닦았다. 허벅지 상처가 깨끗해지자 우유로 상처를 닦은 일이 얼마나 다행이었는지 보였다. 봉합한 곳이 많이 부드러워져 있고 붉게 부어올랐던 상처도 많이 좋아졌다. 나는 욕조 가장자리에 걸터앉은 채 발에 난 상처도 살폈다. 유리 조각이 깊게 박혔었지만 낫기 시작했다. 임시로 치료한 것이 도움이 된 듯 싶었다.

잠옷을 입었다. 낡았지만 천이 좋았다. 가져갈 바지를 찾지 못한다면 이 셔츠를 입고 가야겠다.

헬무트 아저씨가 화장실 밖에서 기다리고 있었다. 나를 보고 눈을 깜빡거리더니 붉은 잠옷을 가리키며 말했다.

"잠시 네가 클라우스인 줄 알았구나."

"클라우스요?"

"작은 아들이야."

"지금은 어디 있어요?"

"동부 전선에(제2차 세계대전 당시 핀란드가 소련, 폴란드, 체코슬로바키아를 비롯한 다른 연합국과 싸운 전역을 말한다.). 아들이 우리를 위해 싸우다가 죽지 않기를 기도한단다."

헬무트 아저씨가 침울한 목소리로 말했다.

"군대가 키예프까지 가지 않으면 좋겠어요. 그곳은 제가 나고 자란 곳이에요."

헬무트 아저씨는 자기 아들이 동부 전선에서 맡은 일을 알고 있을까? 아까는 편안했던 잠옷이 지금은 마치 나를 죽이기라도 할 듯이 무서워졌다. 나는 맨 위의 단추를 풀고 숨을 들이마셨다.

"키예프에서 왔다고? 멀리서 왔구나. 이름이 뭐니?"

진짜 이름을 알려줘도 좋을지 순간 망설였다. 어쨌든 두 사람은 나를 쏘지 않았고 지금까지는 친절했다. 나는 보답으로 진짜 이름을 알려주었다.

"제 이름은 루카 바루코비치예요."

헬무트 아저씨는 내 손을 굳게 잡고 악수를 했다. 그리고 따라오라고 했다. 나는 다리를 절며 넓은 주방을 가로질러 그를 따라갔다.

"앉거라. 발을 좀 봐야겠구나."

나는 헬무트 아저씨가 가리킨 식탁 의자에 앉았다. 아저씨는 빌라의 젖을 짤 때 쓴 것과 비슷한 낮은 스툴 위에 앉아서 코끝에 안경을 걸치고 내 발에 난 상처를 자세히 살폈다.

"염증이 생기지는 않았구나. 네가 얼마나 지저분했는지 생각하면 놀라운 일이야."

그는 일어나더니 찬장 위에서 요오드 한 병과 가위, 반창고, 붕대를 챙겨 스툴에 다시 앉았다. 상처에 요오드 액을 떨어트렸을 때 너무나 따가웠다. 그러나 나는 움찔거리지 않았다. 헬무트 아저씨는 내 발에 붕대를 감아주고는 허벅지에 난 상처를 살폈다.

"잘 낫고 있구나. 상처를 씻은 듯한 흔적이 있어."

"사실 이곳에 도착해서 상처를 우유로 닦아냈어요. 농장에 있는 소에게서 우유를 짜서요."

내 말에 헬무트 아저씨의 눈썹이 살짝 올라갔지만 아무 말도 하지 않았다. 상처를 치료하는 동안 마가레테 아주머니를 곁눈질로 살펴봤다. 식탁 반대쪽에 조용히 앉아 있었는데 처음에는 나를 지켜본다고 생각했다. 그런데 자세히 보니 나에게 전혀 관심이 없는 듯했다. 완전히 다른 생각에 잠겨 있었다.

"이 아이에게 먹을 것을 조금 만들어주는 게 어떻겠소? 나는 이제 다시 자러 가야겠어요."

헬무트 아저씨가 스툴에서 일어서며 말했다. 마가레테 아주머니는 깊은 잠에서 깨어나기라도 한 것처럼 고개를 홱 돌렸다. 헬무트 아저씨에게 고개를 끄덕이고는 나를 쳐다봤다.

"계란 어떠니?"

계란이라고? 듣던 중 반가운 소리였다.

"감사합니다."

마가레테 아주머니는 일어나서 치마를 툭툭 털고 가스레인지 쪽으로 갔다. 전쟁 전에는 이 부엌에서 가족과 일꾼들이 먹을 음식을 요리했을 것이다. 마가레테 아주머니는 커다란 냄비를 꺼내 달걀 두 개를 깼다. 버터를 한 조각 넣었을 때 나는 재빨리 마른 침을 삼켰다. 버터를 먹어본 지가 얼마나 되었던가.

달걀 익는 냄새가 주방을 가득 채우자 마가레테 아주머니가 나를 돌아봤다.

"목이 마르겠구나. 아이스박스에서 우유를 따라 마시렴. 컵은 저쪽에 있어."

마가레테 아주머니가 손가락으로 커다란 찬장을 가리켰다. 나는 마가레테 아주머니의 속을 알 수가 없었다. 방금 전까지 나를 총으로 쏘려던 사람이 이제는 식사를 만들어주고 있다.

아이스박스 안에는 우유 외에도 치즈, 소시지, 사과와 배 몇 개, 딸기잼이 있었다. 손이 근질거렸다. 도망칠 때 음식을 조금 가져갈 수 있으면 좋을 텐데.

마가레테 아주머니가 스크램블 에그를 내 앞에 놓아주었다. 배가 너무 고파서 한입에 다 넣을 수 있을 것 같은 기분이었다. 하지만 무례해 보이고 싶지 않았다. 포크로 스크램블 에그를 떠서 입안 가득 풍부한 맛을 음미했다. 두 번째로 음식을 입에 가져가려는 순간, 나도 모르게 동작을 멈췄다. 내가 알던 그리고 사랑했던 사람들은 지금도 굶주리고 있을 것이다. 어떤 사람들은 이미 죽었다. 이렇게 맛있는 음식을 먹는 것이 범죄처럼 느껴졌다.

마음속에서 수용소에 있는 리다가 내 맞은편에 앉아서 묽은 무 수프와 톱밥 같은 빵을 먹고 있다. 리다가 사라지고 다비드가 나타났다. 얼굴에 장난꾸러기 같은 미소가 가득하다. 다비드와 함께 키예프 거리를 얼마나 쏘다녔던가. 이런 음식을 함께 먹었다면 정말 좋아했을 것이다. 마가레테 아주머니가 젖은 행주로 긴 조리대 위를 닦으며 물었다.

"달걀에 무슨 문제라도 있니?"

"아, 아니에요. 정말 맛있어요."

나는 심호흡을 하고 마음속의 슬픔을 몰아냈다. 다비드를 다시 살아나게 할 수는 없지만 리다는…. 리다와 함께 맛있는 음식을 먹고 싶었다. 전쟁이 끝나면 반드시 리다를 찾아가겠다고 약속하지 않았던가. 강해져야만 이 약속을 지킬 수 있다. 달걀을 입에 넣었다. 곧 마가레테 아주머니가 잠이 들 것이다. 음식을 먹었으니 이제 신발과 바지를 찾아 길을 떠나야 한다.

하지만 식사를 마치자 마가레테 아주머니가 길고 어두운 복도로 나를 데려갔다. 겉에서 보기보다 집이 훨씬 커서 놀랐다. 마가레테 아주머니가 방문을 열고 불을 켰다. 안에는 튼튼한 침대와 깃털 베개, 책장, 옷장이 있었다.

"마르틴의 방이었어. 잘 자거라."

"이 방에서 자도 되나요?"

나는 헛간으로 돌아가거나 닭장에서 잘 것이라고 생각했다.

"어디서든 자야 하지 않겠니."

마가레테 아주머니의 목소리에는 감정이 드러나지 않았다. 내가 방으로 들어가자 마가레테 아주머니는 밖으로 나가 문을 닫았다. 밖에서 자물쇠를 잠그는 소리가 났다.

6장

덫에 걸리다

나는 어쩔 줄 몰라 가만히 서 있었다. 많은 계획이 무산됐다.

창문으로 다가갔다. 나무로 된 격자무늬 창살에 밖에서 타르 종이로 막아서 빛이 전혀 들어오지 않았다. 창문을 열어보려 했지만 바깥쪽에서 못을 박아 놨는지 고정되어 있었다. 이전에도 이 방에 사람을 가둔 적이 있었던 듯했다. 이 사람들은 도대체 나에게 무엇을 원하는 것일까.

침대 끝에 걸터앉아 어떻게 도망칠지 생각했다. 선반 위에 책이 보였다. 커다란 지도책이 선반 위에 비스듬하게 놓여 있었다. 1935년. 나치와 소비에트 연방이 동유럽을 분할하기 전에 출간된 책이었다.

당시 소련을 나타낸 지도에서 페이지를 멈췄다. 키예프를 찾기는 쉬웠다. 키예프 위에 손가락을 댄 뒤 눈을 감고 지금 그곳에 있다고 상상했다. 키예프와 독일이 같이 표시된 페이지를 찾아 얼마나 멀리 떨어져 있는지를 살펴봤다. 흠, 독일 영토는 아주 거대했다. 지금 이곳은 카르파티아산맥과 이어진 알프스산맥 근처 어디일 텐데…. 수용소 밖으로 나가는 길에서 브레슬라우라는 표지판이 있던 것이 기억났지만 지도에서 브레슬라우를 찾을 수는 없었다. 아마도 헬무트 아저씨나 마가레테 아주머니가 이곳이 어디인지 말해줄지 모르겠다.

선반 가운데 칸에 크기가 제각각인 책들이 있었다. 하나를 꺼냈다. 표지에 북미 원주민이 라이플총을 들고 있었다. 눈썹 위로 붉은 두건을 두르고 있고 땋은 머리가 어깨 위로 드리워져 있었다. 잠시 마가레테 아주머니 생각이 났다. 책을 제자리에 넣고 다른 책을 꺼냈다. 푸른 산 앞에 한 소녀가 서 있었다. 건강한 리다처럼 보였다.

맨 위 칸에는 책이 잔뜩 꽂혀 있었다. 책등이 휘고 책갈피가 여기저기 튀어나온 것으로 보아 자주 읽었던 것 같았다. 책마다 스와스티카(나치 문양, 卐) 표시가 찍혀 있었다. 책 제목을 다 읽을 정도로 독일어를 공부한 건 아니었지만 그중 하나는 알아보았다. 아돌프 히틀러의 〈나의 투쟁〉. 이 책으로 인해 많은 사람이 나치가 됐고, 다른 사람들보다 자신들이 더 나은 종류의 사람이라고 생각하게 됐다. 그 책을 눈앞에서 보자 속이 메스꺼웠다.

일어나 옷장으로 갔다. 문을 열자 묵은 좀약 냄새가 확 풍겼다. 한쪽에는 좁은 선반 위에 반듯하게 개어진 옷이 차곡차곡 쌓여 있었고, 가운데 행거에는 회녹색 슈트가 걸려 있었다. 자세히 살펴보려고 옷을 꺼내다가 떨어뜨릴 뻔했다. 칼라에 해골 배지가 달려 있었다. 이것은 나치스 친위대 제복이었다. 마르틴이 두고 간 걸까? 이 옷은 절대로 훔쳐 입지 않을 것이다. 차라리 속옷 차림으로 도망치는 게 낫다. 제복을 다시 걸어두고 문을 닫았다.

불을 끄고 침대에 누워 눈을 감았다. 잠깐만이라도 눈을 쉬게 하고 싶었다. 이 상황에서 벗어날 방법을 생각해야 했다. 이곳 부부는 친절해 보이지만 이들의 아들은 나치다. 내가 어떻게 이들을 믿을 수 있단 말인가.

푹신한 침대 위에 눕자 집에 있던 침대가 생각이 났고 이어서 예전에 만났던 독일인들이 생각났다.

방 한구석에 커버를 씌우지 않은 매트리스가 덩그러니 놓여 있고 그 위에 내가 누워 있었다. 다비드와 그의 어머니와 함께 머무는 미망인 보호 시설. 밝은 햇살이 창문을 통해 들어온다. 며칠째 폭탄도 총알도 터지지 않았다. 다만 문밖에서 연일 확성기로 외치는 소리가 들렸다.

"키예프는 과거에도, 지금도, 그리고 앞으로도 소련입니다."

하지만 지금은 소리가 들리지 않고 고요하다.

다비드와 함께 창문을 내려다봤다. 길가에 사람들의 행렬이 줄지어 지나간다. 멀리서 외치는 소리가 희미하게 들렸다. 소리가 가까워지자 독일 억양이 섞인 러시아어가 또렷하게 들렸다.

"키예프는 이제 독일의 보호 하에 있습니다. 키예프는 소련으로부터 독립했습니다."

나치 군용 트럭 한 대가 다가왔다. 지붕에 확성기가 달려 있고 트럭 뒤에는 독일군들이 타고 있다. 무장을 하지 않은 군인들이 사람 좋은 얼굴로 웃으며 손을 흔들었다. 트럭 뒤로 행진을 하는 사람들이 따르고 그 뒤로 군인들이 줄지어 걸어갔다.

다비드와 나는 밖으로 뛰어나와 행진이 잘 보이는 곳에 자리를 잡았다. 길은 영문을 알기 위해 나온 사람들로 금세 가득 찼다. 행렬이 가까이 다가오자 이들의 얼굴이 보였다. 멋진 군복을 입은 군인들이 얼굴 가득 미소를 지으며 지나갔다. 소련군의 군복처럼 더럽지 않고 군화에서는 반짝반짝 빛이 났다. 스탈린은 독일군을 악마라고 했는데 우리 눈에는 전혀 그렇게 보이지 않았다.

길가에 나온 사람들은 어떤 반응을 보여야 할지 몰라 어리

둥절한 모습이었다. 아이 한 명이 쭈뼛쭈뼛 손을 흔들었다. 젊은 군인이 다가가 아이의 손을 잡고 악수했다. 그러자 한 할머니가 트럭에 다가가서 군인의 손에 꽃다발을 건넸다. 순간 주위 사람들이 말을 멈추고 무슨 일이 일어날까 숨죽여 기다렸다.

군인이 미소를 지으며 주머니에 손을 넣는다. 총이라도 꺼내는 것일까. 하지만 그는 총 대신 작은 책자를 하나 꺼내 서툰 러시아어로 인사를 했다.

"감사합니다."

여기저기에서 안도의 한숨이 들렸다. 지금보다 나아질지 몰라, 학살이 끝날 수도 있어, 독일과 우크라이나가 지난 수백 년 동안 좋은 관계를 유지해왔다고 배웠다. 하지만 우리 정부의 패배를 반기기에는 기분이 석연치 않았다. 다비드를 보니 다른 사람들과 마찬가지로 애매한 표정이었다.

그때를 생각하려 했다. 그러면 지금 상황을 벗어날 수 있는 실마리가 떠오를 수도 있다고 생각했다. 하지만 나는 잠을 이기지 못하고 곯아떨어졌다.

***

다음날 눈을 뜨자 창문에 붙은 타르 종이의 좁은 틈으로 가는 햇살이 들이쳤다. 순간 정신이 들면서 내가 이상하리만큼 친절한 독일 부부의 농장에 있다는 것이 실감 났다. 문을 열어봤으나 여전히 잠겨 있었다. 창문 쪽으로 가서 손가락으로 타르 종이를 뚫어 밖을 내다봤다. 빌라와 쿨리아는 이미 헛간 밖으로 나와 있었다. 생각보다 늦은 시간인 듯했다.

잠시 후 빗장을 여는 소리가 들리더니 문이 열렸다. 마가레테 아주머니가 작업용 바지와 빛바랜 초록색 플란넬 셔츠를 들고 서 있었다.

"이 옷을 찾아왔어. 이 방에 있는 옷은 입고 싶지 않을 테니."

나에게 옷을 건네는 마가레테 아주머니의 눈길이 잠깐 옷장으로 향했다.

"자, 이 옷은 낡았지만 순수한 작업복이야."

나는 그 말에 마음이 놓였다. 마가레테 아주머니는 아들 마르틴을 자랑스러워하지 않는 것이다.

"옷 갈아입고 주방으로 와서 뭘 좀 먹으렴. 그런 다음 무엇을 할 수 있을지 생각해 보자꾸나."

옷을 입고 주방으로 들어서자 베이컨 기름에 지진 감자 팬케이크 냄새가 났다. 헬무트 아저씨는 이미 식탁에 앉아 커피를 마시며 책을 읽고 있었다. 나를 보자 우크라이나어로 인사해주었다.

"일어났구나."

나도 인사를 하고 팬케이크를 굽는 마가레테 아주머니 곁으로 갔다.

"좀 도와드릴 일이 있을까요?"

"팬트리(식료품 저장실)에 가서 꿀을 좀 가져오너라."

아주머니가 문을 가리키며 말했다.

이 농가가 전체적으로 그렇듯이 팬트리도 무척 넓었다. 선반에 모든 종류의 음식이 정리되어 있었다. 차가 담긴 캔, 인스턴트커피, 초콜릿 가루 등등. 하지만 꿀은 없었다. 선반 아래 칸에는 여러 언어로 라벨을 붙인 삼베 주머니가 정갈하게 줄지어 있었다. 전쟁에서의 노획품이리라. 쌀, 보리, 밀가루는 라벨을 읽을 수 있었고, 나머지는 알 수 없었다.

팬트리에서 나와 마가레테 아주머니에게 말했다.

"꿀을 못 찾겠어요."

"선반 꼭대기에 흰 주머니를 찾아보렴."

다시 팬트리로 들어가자 'Muka'라고 쓰인 하얀 주머니가 보였다. 밀가루라는 뜻이다. 선반에서 주머니를 꺼내 끈을 풀었다. 안에는 마치 소시지를 줄줄이 엮어 놓은 것 같은 기다란 줄이 있었는데 그 안에 반투명한 액체가 들어있었다. 다른 줄과 연결되지 않고 따로 떨어져 있는 볼록한 주머니 하나를 겨우 찾아 밖으로 가지고 나왔다.

"고맙다."

나는 마가레테 아주머니가 꿀 포장지 위를 잘라서 작은 유리병에 담는 모습을 조용히 바라봤다.

"클라우스가 동부 전선에서 보내줬단다. 우리가 부코비나에 살 땐 직접 양봉을 했는데 말이야."

그 말을 듣자 화가 치밀어 올랐다. 1941년 소련이 나치로부터 후퇴했을 때 가진 게 없는 민간인만 남기고 철수했다. 소시지 포장지에 숨긴 꿀은 동부 전선의 한 가족이 먹고 살아야 할 귀한 음식이었을 것이다. 하지만 이것을 빼앗아온 남자 클라우스에게는 한낱 전리품에 불과했겠지.

마가레테 아주머니가 이상한 표정으로 나를 쳐다보았다. 나의 분노를 이해하는 것 같기도 했다. 팬케이크를 담은 접시를 내 앞에 내주었다.

"앉으렴. 배고프지? 더 줄 수는 있는데 네 위장이 기름진 음식을 많이 먹을 만큼 아직 괜찮지는 않을 듯하구나."

나는 팬케이크 한 조각을 잘라 입에 넣었다. 음식을 씹자 분노가 천천히 사라졌다. 아저씨와 아주머니는 마치 내가 없는 듯이 조용히 아침 식사를 했다. 하지만 헬무트 아저씨가 나를 흘낏 쳐다보고는 인상을 찌푸렸다. 내가 접시마저 삼켜버릴 기세로 마지막 부스러기까지 다 먹었기 때문일 것이다. 접시를 얼굴로 가져가 핥아먹고 싶었지만 겨우 참았다. 위장이 터질 것 같았다.

식사 후에 마가레테 아주머니가 컵 두 개를 가져와서 커피를 따라줬다. 묻지도 않고 내 컵에 꿀 한 스푼을 가득 넣어 휘휘 저었다.

"얘야, 이야기 좀 하자."

나는 커피를 한 모금 홀짝이고 마가레테 아주머니를 쳐다봤다.

"네가 가져가고 싶은 게 있으면 뭐든지 줄 테니 걱정하지 마. 곧 날이 추워질 거다. 이맘때는 비가 많이 오거든. 바닥의 습기를 막아줄 만한 것을 찾아보마."

"챙겨갈 음식도 필요하겠지. 그리고 튼튼한 신발도."

헬무트 아저씨도 옆에서 말을 거들었다.

"감사합니다."

이들의 말에 깜짝 놀랐다. 왜 생면부지의 아이에게 도움을 주려고 할까. 일종의 함정일까, 아니면 이들이 정말로 좋은 사람인걸까.

"하지만 그 전에 우리가 알아야 할 것이 있다. 어디로 가려고 생각 중이니?"

마가레테 아주머니가 물었다.

키예프로 돌아가서 아버지를 찾겠다는 계획을 이야기한다면 제정신이 아니라고 생각할 것이 분명하다. 일단 첫 번째 계획은 전쟁이 끝날 때까지 살아남는 것이다. 그리고 산으로 가서 독일 땅을 탈출할 것이다. 아버지가 살아 계시다면 키예프로 돌아올 게 분명했다. 그러면 아버지와 함께 엄마와 리다를 찾을 것이다. 나를 보는 마가레테 아주머니의 눈은 걱정으로 가득했다.

"숨어서 살아남을 거예요. 계속 그렇게 다닐 수 있어요."

헬무트 아저씨가 커피 스푼으로 식탁을 두드렸다.

"네가 다른 집이 아닌, 우리 농장에 온 것은 대단히 행운이다."

"아주머니와 아저씨께 오래 신세를 지고 싶지는 않아요."

그 말은 가능한 빨리 떠나고 싶다는 뜻이었다.

"헬무트, 이 아이는 지금 당장 떠날 수 없어요. 그 음식을 먹고 얼마나 버티겠어요? 그리고 허벅지에 난 상처는 어쩌고요. 완전히 낫지 않았잖아요."

"괜찮아요. 저, 걸을 수 있어요."

부부는 내 말을 못 들은 척하고 말을 이었다.

“그러면 아이가 기운을 차릴 때까지 이곳에 숨겨야 한다는 뜻이오?”

“아이가 지금 떠난다면 분명 죽고 말 거예요. 이곳에 있다가 붙잡혀도 죽기는 마찬가지겠죠.”

마가레테 아주머니는 어두운 표정으로 커피를 한 모금 마셨다.

“그러면 우리가 할 수 있는 유일한 선택은 붙잡히지 않게 숨겨주는 것이겠군.”

“일단 뭘 좀 먹이고, 그 뒤에 상처가 나을 시간을 줍시다. 그러면 도망쳐서 살아남을 수 있는 힘이 생길 거예요.”

마치 내가 없다는 듯 나에 대한 이야기를 하는 게 이상했다. 모르는 척해야 할지, 대화에 끼어야 할지 감이 잡히지 않았다. 게다가 너무 많이 먹어서 배가 계속 꾸르륵거렸다.

“누군가 멀리서 너를 발견할 수도 있단다.”

헬무트 아저씨가 말했다.

“집 안에 있어야 해.”

마가레테 아주머니가 말했다.

7장

산

뜨거운 물이 나오는 넓은 집에서 좋은 음식을 먹으며 며칠 지내니 몸과 마음이 편해졌다. 하지만 아무 일도 하지 않으니 무언가를 하고 싶은 마음이 간절해졌다. 침실 창문을 조금 더 뚫었더니 산등성이가 더 크게 보였다. 얼른 산으로 가고 싶었다. 멀리 거대한 산맥도 보였다. 군인들이 길목을 차단했겠지만 나는 도망치는 일에는 이골이 나 있다. 몰래 산에 숨어들기만 하면, 그 안에서 안전하게 숨어지낼 자신이 있다.

며칠 동안 잘 먹고 휴식을 취했다. 매일 아침 마가레테 아주머니는 계란과 감자 팬케이크를 요리해 주었다. 전날 저녁에 먹고 남은 것이 있을 때는 아침에 데워 먹었다. 아침 식사로 소고기와 만두를 먹은 적도 있었다. 믿을 수 없는 호사였다. 화장실에서 거울을 보니 얼굴에 살이 붙은 것 같았다.

사실 이들의 호의를 믿어야 할지 아직 확신이 서지 않았다.

키예프를 침략했던 독일인의 친절함은 허울뿐이었다. 나는 그 위선을 경험했고 누구보다 잘 알고 있다. 헬무트 아저씨와 마가레테 아주머니도 다른 독일인들처럼 본색을 드러낼지 모른다. 이곳에서 빨리 도망칠수록 험한 일을 당하지 않을 것 같았다. 하지만 이런 생각과 달리 내 몸은 마르틴의 침대 위에서 긴장이 풀어지고 있었다.

여섯째 날 아침 헬무트 아저씨가 내 발에 소독약을 발라주면서 만족스러운 미소를 지었다.

"루카, 발이 거의 나았구나."

일주일 후에는 내 허벅지 상처를 꿰맨 실을 제거해줬다. 이제 나는 떠나도 괜찮을 만큼 튼튼해졌다.

"어떻게 상처를 우유로 씻어낼 생각을 했니? 너희 슬라브인들의 의술은 좀 낙후됐는데."

"아버지가 약사셨어요."

"그러면 아버지가 감염된 상처에 우유를 바르라고 가르쳐 주셨니?"

"그건 전통적인 치료법이에요."

아저씨는 고개를 흔들었다.

"슬라브인들이란…."

"소련이 키예프를 점령했을 때 모든 약을 다 파괴해버렸어요."

"오랜 전술이지. 적이 사용할만한 것을 남기지 않는 것."

적 외에도 자신의 나라로부터 버림받은 민간인도 포함이죠 하고 생각했지만 입 밖으로 꺼내지는 않았다.

"아버지가 또 무엇을 가르쳐주셨니?"

"여기 있는 것들로 말인가요? 빵에 핀 곰팡이랑 꿀을 이용해서 상처를 치료할 수 있어요."

헬무트 아저씨는 미심쩍은 얼굴이었다. 나는 그저 미소지었다.

"살기 위해 반드시 필요한 것이 때로는 코앞에 있기도 해요."

"그렇다면 코앞에 있는 물건으로 블리츠를 낫게 해줄 수 있겠니?"

"블리츠요?"

"헛간에 있는 말."

쿨리아라는 이름에 익숙해져서 내가 붙인 이름이라는 사실을 잊고 있었다.

"이 지역에 수의사는 없나요?"

"모두 군대로 차출됐어. 약사들도."

"아버지가 사람의 천식을 치료하는 것을 보기는 했지만,

말에게 효과가 있을지는 모르겠어요.”

“우유로 블리츠의 점막을 닦아내려는 건 아니겠지?”

“물에 꿀을 좀 타서 먹여보세요. 몸이 따듯해지면 점막이 부드러워질 거예요.”

“아프지 않은 치료법이구나. 게다가 이곳에는 꿀도 많고.”

어두워진 뒤에 나는 양동이에 따뜻한 꿀물을 담았다. 그리고 헬무트 아저씨와 함께 커다란 통에 김이 모락모락 나는 물을 한가득 담아 헛간으로 옮겼다. 블리츠의 머리에 담요를 덮어 수증기를 코로 들이마실 수 있게 했다.

곧바로 블리츠는 숨을 편하게 쉬기 시작했다.

***

헬무트 아저씨와 마가레테 아주머니는 이제 방문을 밖에서 잠그지 않았다. 그래서 나는 밤에도 동물들에게 가볼 수 있었다. 헛간에 가서 동물들에 기대 온기를 느끼고 규칙적인 숨소리를 듣는 것만으로도 기분이 좋았다. 여전히 때때로 폭탄이 터지는 소리가 들렸지만 나는 이곳에서 안전하다고 느꼈다.

며칠이 더 지나자 날씨가 온화해졌다. 하루는 헬무트 아저씨를 위해 밤에 밭에 나가 무를 손수레 가득 뽑아왔다. 단 하루 일했을 뿐인데도 등이 욱신거렸다. 나이가 많은 헬무트 아저씨는 혼자서 밭일을 하느라 얼마나 힘들까.

헬무트 아저씨와 마가레테 아주머니와 함께 있는 것이 안전하다고 느껴지는 만큼, 이곳을 떠나야 한다는 초조함도 커졌다. 발은 거의 다 나았고 다리도 걷는데 지장이 없었다.

어느 날 저녁 식사 후 마가레테 아주머니가 생강 쿠키를 담은 접시와 뜨거운 차를 식탁에 내놨다. 이들이 나에게 얼마나 친절을 베푸는지를 생각하며 차를 한 모금 마셨다. 이들을 결코 잊지 못할 것이다.

"헬무트 아저씨, 마가레테 아주머니, 저에게 베풀어주신 모든 것에 감사드립니다. 하지만 이제 떠날 때가 된 것 같아요."

"이곳에 얼마든지 더 있어도 좋단다."

마가레테 아주머니의 말에 진심이 담겨 있었다.

"두 분 모두 저 때문에 위험해지실 수 있어요."

"하지만 길을 떠나기에는 좋지 않은 날씨구나. 하루가 멀다 하고 비가 오고 있어. 곧 11월이 될 거야. 눈이 오면 다니기 더 힘들어져. 주변이 온통 눈밭일 텐데 어디에 숨겠니? 따뜻하게 지낼 곳도 없고."

"어디로 가려고 하니?"

"산으로요."

헬무트 아저씨는 깜짝 놀란 듯 눈만 깜빡거렸다.

"루카, 이곳이 어디인지 알기는 하느냐?"

"독일 땅 어딘가요. 잠깐만요."

나는 마르틴의 침실에 있던 지도책이 생각났다. 얼른 일어나 책을 가져와서 수없이 봤던 페이지를 폈다.

"이곳이 어디인지 알려주실 수 있어요?"

헬무트 아저씨가 의자에서 일어나 내 옆으로 왔다. 한 손을 내 어깨에 얹은 채 눈을 찡그려가며 페이지를 살펴봤다.

"이곳이 어디라고 생각해?"

나는 손가락으로 독일 뮌헨을 집었다.

"여기서 가깝지요?"

"아니."

헬무트 아저씨는 체코슬로바키아 반대쪽 한 지점에 손가락을 가져갔다.

"이곳은 브레슬라우(브로츠와프의 독일어 이름) 근처의 마을이야."

"하지만 지도에는 브로츠와프라고 되어 있는데요. 폴란드요, 독일이 아니고요."

"지금은 라이히(나치 시대의 독일 제국)로 편입됐어. 이름이 바뀌었단다."

"하지만 이곳의 모든 사람은 독일 사람들이에요. 폴란드 사람이 아니고요. 그리고 표지판도 그렇고, 모든 것이 독일어로 되어 있어요."

헬무트 아저씨는 놀라워하며 나를 쳐다봤다.

"말했잖니. 마가레테와 나는 이곳 출신이 아니라고."

나는 고개를 끄덕였다. 하지만 정말로 이해가 되지 않았다.

"히틀러와 스탈린이 같은 편이었던 1939년부터 1941년까지 폴란드를 분할해서 통치했어. 히틀러는 폴란드의 게르만 지역을, 스탈린은 슬라브 지역을 원했어. 그래서 사람들이 이주해야 했지. 우리 같은 사람 수십만 명이 이동했어. 양쪽으로."

"어떤 경고도 없었지. 마을의 게르만인들을 모두 배에 태워 수용소로 보냈어. 우리는 그나마 운이 좋은 편이었어. 어떤 사람들은 강제 노동 수용소로 보내지기도 했단다. 어떤 사람들은 독일로 보내졌고. 우리 가족은 이곳으로 오게 됐지."

"이곳에 살던 사람들은 어떻게 되었나요?"

"슬라브계 사람들? 차출당했어. 우리가 그들 자리에 들어온 거야."

헬무트 아저씨가 옆에서 고개를 끄덕였다.

"이 집에 도착했을 때 식탁 위에 음식이 놓여 있었어. 아이들 옷이 마르틴 침실 바닥에 흩어져 있었고."

"그들은 어떻게 되었어요? 그 폴란드 가족요."

마가레테 아주머니가 먼 곳을 바라봤다.

"소련으로 보내졌어."

예전의 기억이 떠올랐다.

숲속 무덤가에 시체가 마구 쌓여 있고, 한 여자 시체의 코트 주머니에서 폴란드어로 쓰인 종이가 삐져나와 펄럭인다. 그들에게는 독일인들이 살던 빈집이 주어지지 않았다.

"저 멀리 보이는 산이 카르파티아산과 이어져 있나요?"

헬무트 아저씨가 고개를 천천히 책으로 돌렸다.

"이 지도에서 더 잘 보일 거야."

헬무트 아저씨는 책의 방향을 내 쪽으로 돌리고 설명을 이어나갔다.

"우리가 있는 곳은 여기야. 그리고 여기가 저 산이고."

현재 위치에서 남동쪽으로 한참 아래에 위치한 갈고리 모양의 산맥을 가리켰다.

"저 멀리 남동쪽에 보이는 산 있지? 카르파티아산맥의 서쪽 끝이야."

"저기에 가야 돼요."

"하지만 이곳에서 수백 킬로미터나 떨어져 있어."

마가레테 아주머니가 걱정스러운 듯 말했다.

"그곳에 가는 동안 수없이 쫓길 게다."

헬무트 아저씨가 덧붙였다.

"그래도 가야 해요."

"봄까지 이곳에서 지내렴. 곧 날씨가 좋아질 거야. 너도 건강해질 거고."

부부는 잠시 아무 말 없이 나를 바라보았다. 시계 소리만이 적막을 갈랐다. 그때 밖에서 경적소리가 들렸다. 마가레테 아주머니가 깜짝 놀라 일어나는 바람에 의자가 뒤로 넘어졌다.

"마르틴이야! 무슨 일로 이 시간에 온 거지."

마가레테 아주머니는 황급히 나를 일으켜 팬트리로 밀어 넣었다.

"숨어!"

8장

마르틴

팬트리 문이 닫히고 어둠이 짙게 깔렸다. 그대로 얼어붙은 채 숨조차 쉴 수 없었다. 밖에서 희미한 소리가 들렸다. 의자를 바로 세우는 소리, 차를 싱크대에 쏟아버리는 소리, 주방 문이 열리는 소리, 종이봉투가 부스럭거리는 소리.

남자 목소리가 들렸다.

"어머니, 아버지, 이렇게 보게 되어 기뻐요. 선물이에요."

이상하게 목소리가 낯익었다. 어디서 들었지? 아니다. 그럴 리 없다.

위험을 무릅쓰고 팬트리 문을 살짝 열어 내다봤다. 심장이 멎는 듯했다. 종이봉투를 들고 아주머니, 아저씨와 포옹을 하는 사람은 수용소의 슈미트 장교였다. 거들먹거리고 권력에 굶주린 인물. 저 사람이 이들의 아들 마르틴이었단 말인가.

나는 소리가 날 새라 문을 완전히 닫지는 않은 채 최대한

밀었다. 만일 슈미트 장교가 나를 본다면 그 자리에서 총으로 쏘아버릴 것이다. 숨을 죽이고 어둠 속에서 가만히 서 있었다.

나는 주린 배를 채우고 상처를 치료하는 동안 괴물의 침대에서 잠을 잔 것이다. 저 괴물은 수용소에서 어린아이들을 골라 죽였고, 나머지 사람들도 죽을 때까지 고된 일을 시켰다. 게다가 그런 일을 즐겼다. 마가레테 아주머니와 헬무트 아저씨처럼 점잖은 사람들에게서 어떻게 저런 아들이 태어날 수 있단 말인가.

나를 발견한다면 바로 총살하겠지만 적어도 아주머니와 아저씨 부부는 위험에 처하지 않을 것이다. 아들이니 말이다. 하지만 과연 그럴까? 어둠 속에서 손바닥으로 바닥을 더듬어 뒤쪽 코너로 몸을 옮겼다. 앞에 놓인 곡식 자루 뒤에 몸을 숨기고 등을 벽에 붙인 채 가만히 있었다.

팬트리 문이 여전히 조금 열려 있어서 말소리가 작게 들렸다.

"앉으렴. 엄마와 나는 차를 마시고 있었단다. 너도 좀 마시겠니?"

헬무트 아저씨가 애써 다정한 목소리로 말했다.

"체리 번(작고 동글납작한 빵)이에요. 지난번에 가져다드린 체리 보드카를 좀 주실래요? 빵과 함께 마시면 잘 어울릴 것 같아요.”

종이봉투를 부스럭거리는 소리가 들렸다.

“그래, 가져다주마.”

드르륵 소리와 함께 팬트리 안이 빛으로 가득찼다. 헬무트 아저씨가 문 가까운 선반 꼭대기에서 병을 하나 꺼내고 주위를 둘러보았다. 창백한 얼굴에 긴장감이 가득했지만 내가 어떻게든 숨어 있는 것을 보더니, 다시 밖으로 나갔다. 주위가 금세 어두워졌다.

찬장이 열리고 유리잔을 꺼내는 소리가 났다. 의자가 끽 끌리는 소리가 들렸다. 모두 식탁 앞에 앉아서 빵을 곁들여 보드카를 마시는 것 같았다.

“자고 갈 거니?”

마가레테 아주머니가 물었다.

“수용소로 돌아가야 해요. 마을에 다녀오는 길에 잠깐 들렀죠. 문제가 좀 있거든요.”

“문제?”

“군수품 공장에 폭탄이 떨어졌어요. 몇 주 전에요. 우리 포로들이 거기서 일하고 있었는데 많이 죽었죠. 많이 다쳤고요. 하지만 그게 다가 아니에요. 전쟁이 다 그렇죠. 병원에서 포로 하나가 탈출했는데 그 소문이 다른 포로들에게까지 퍼졌어요."

"얼른 잠잠해지면 좋겠구나."

"네, 엄마. 그러면 좋겠어요. 어쨌든 오래 앉아 있지는 못해요."

술잔을 홀짝이는 소리에 이어 유리잔이 식탁에 쾅 놓이는 소리가 들렸다.

"더 큰 문제는 매일 항구에 물건이 들어온다는 점이에요. 소련이 우리를 따라잡고 있는데 동쪽 수용소는 비어 가고 있죠."

"그러면 군수 공장의 일손이 좀 해결되겠구나."

헬무트 아저씨가 말했다.

"새로운 포로들은 쓸모가 없어요. 아사 직전이거든요. 이용할 수가 없어요."

슈미트 장교의 말에 나는 주먹을 꽉 쥐었다. 그가 이야기하는 사람들은 물건이 아니다. 숨 쉬며 살아 있는 사람들이다.

유리잔에 액체가 찰랑이는 소리가 들렸다.

"제 옛날 지도책을 꺼내셨네요. 정말 오래된 책인데."

슈미트 장교가 말했다.

"그래. 우리도 똑같은 이야기를 했지. 라이히 제국이 커졌다고 말이다."

마가레테 아주머니가 말했다.

"더 커져야 해요. 지금은 암울하지만요. 클라우스한테서는 편지 안 왔어요?"

"안 왔어. 그래서 걱정이란다. 뭐 소식 좀 없니?"

"직접 들은 것은 없어요. 하지만 며칠 전에 소련이 키예프를 다시 점령했다는 소식을 들었어요."

"많은 부분을 빼앗겼니?"

헬무트 아저씨가 물었다. 교묘하게 나를 위한 질문을 해준 것이다.

"별로요. 탈환되기 전에 먹을 것을 싹 다 빼어서 도시 전체를 굶겨버렸거든요."

화가 치밀어 올랐다. 당장 달려나가 번지르르한 얼굴을 한 대 치고 싶었다. 키예프는 파괴됐는데 나는 이곳, 적의 집에 숨어 있다. 이곳에서 나가야 한다. 방법은 모르지만 싸워야 한다.

슈미트 장교는 보드카를 마시며 얼마간 더 머물렀다. 이야기가 길어져서 이곳에서 자고 갈 거라 생각했지만 다행히 의자가 뒤로 밀리는 소리가 났다.

"이제 가봐야 해요. 어머니, 아버지, 만나서 반가웠어요."

문이 끽 열리는 소리가 나더니 바람에 팬트리 문이 약간 흔들렸다. 끙 하는 소리와 무거운 발걸음 소리, 무거운 것이 바닥에 끌리는 소리가 났다.

"무거우니 제가 팬트리 안에 넣어드릴까요?"

슈미트 장교가 물었다. 숨이 멎는 듯했다.

"아니다. 늦기 전에 얼른 가거라. 창고에 집어넣기 전에 정리를 좀 해야겠구나."

마가레테 아주머니의 목소리에 초조한 기색이 묻어났다. 슈미트 장교가 알아차리지 못하기를 바라고 또 바랐다.

잠시 후 슈미트 장교가 밖으로 나가고 팬트리에 빛이 들어왔다. 그제야 나는 구석에서 몸을 일으켰다. 식탁 위에 놓인 종이봉투 끝에 삐져나온 체리 번이 보였다. 팬트리와 식탁 사이에는 커다란 자루가 놓여 있었다. 슈미트 장교가 나와 불과 몇 미터 떨어지지 않은 곳에 있었다는 사실이 실감 나지 않았다.

"지금 당장 떠나야겠어요."

"앉아서 우리 이야기를 좀 들어보렴."

마가레테 아주머니가 침착한 목소리로 말했다. 나는 두근거리는 마음을 진정시키며 의자에 앉았다. 왜 이들은 자기 아들이 누구인지 말해주지 않았던 것일까.

"마르틴을 오랫동안 보지 못했지. 우리와 가까운 자식이 아니었어."

"하지만 아주머니, 아저씨는 저에게 친절하게 대해주시잖아요."

마가레테 아주머니가 다른 방에 가서 사진 앨범을 하나 가지고 돌아왔다. 그리고 식탁 위에 펼쳤다.

"이게 내 두 아들의 사진이다. 아직 순수했던 시절이지."

나는 슈미트 장군, 아니 마르틴을 바로 알아봤다. 특유의 처진 어깨는 어릴 때에도 그대로였고, 고개를 치켜들고 있었다. 반면 클라우스는 편한 미소를 지은 자연스러운 표정이었다.

"마르틴에게는 선택의 여지가 없었어. 정말이란다. 우리는 독일 제국에 충성심을 맹세해야만 했지. 클라우스는 바로 징집당했어. 그때만 해도 마르틴은 입대를 원하지 않았지. 그러자 나치 친위대가 찾아와서 선택하라고 했어. 그들과 함께 일하거나 아니면 수용소로 가라고."

마가레테 아주머니가 말했다.

"슬프게도 마르틴은 오래 버티지 못하고 금방 군에 들어갔어. 마르틴이 변한 사실을 믿을 수가 없구나. 그들은 사람을 참 빨리 변화시켜."

헬무트 아저씨가 씁쓸하게 덧붙이자 마가레테 아주머니는 한숨을 내쉬었다.

"마르틴이 우리에게 포로 노동자를 데려왔어. 우리는 사람을 노예처럼 데려오면 안 된다고 했지. 우리는 야만인이 아니란다. 하지만 그가 포로 노동자를 데려오지 않으면 우리의 충성심이 의심을 받게 돼."

"마르틴의 충성심도 함께 말이야."

"그래서 여섯 명을 데려왔어."

"모두 탈출했지."

"그 때문에 군에서 문제가 됐어. 그때부터 마르틴이 바뀌었단다."

나는 뭐라고 대답해야 좋을지 신중하게 생각했다.

"저를 보호해주시고 목숨을 살려주셔서 감사합니다. 하지만 저는 지금 떠나야겠어요. 산으로요. 저를 도와주시겠어요?"

헬무트 아저씨는 한숨을 쉬며 식탁에서 일어나 펜과 종이를 가지고 왔다. 종이에 지도를 그리고는 한 지점에 X자를 표시했다. 산에서 멀리 떨어진 곳이다. 이어서 도로, 철길, 강, 숲, 산의 시작 부분도 그렸다.

"우리가 있는 곳이 여기야. 그리고 이쪽 지역은 매우 위험한 곳이야. 그래서 이곳을 지나 오데르강을 따라 숲이 시작되는 곳까지 너를 데려다주려고 해."

헬무트 아저씨가 연필 끝으로 이곳저곳을 가리키며 설명을 해줬다. 마가레테 아주머니도 옆에서 고개를 끄덕였다.

"전에 이런 일을 해본 적이 있어. 오데르강을 따라 남쪽으로 간다면 산이 시작되는 곳에 다다를 수 있을 거야."

"하지만 정말 조심해야 해. 특히 훈련을 받은 군인들이 너 같은 사람을 찾아 숲을 순찰하고 있어. 게다가 오데르강은 군수 물품 요충지이니 더욱 잘 숨어야 해."

나도 위험하다는 것은 알았지만 떠나고 싶은 마음이 간절했다.

"언제 데려다주실 수 있어요?"

"내일 아침. 그게 좋을 것 같다."

"감사합니다."

나는 다시 감사 인사를 했다. 이 착한 두 사람은 나를 위해 자신들의 인생을 걸고 있다. 나는 그들의 물건을 훔치려던 아이에 불과한데 말이다.

마가레테 아주머니가 식탁에서 일어나 마르틴이 놓고 간 주머니를 살펴봤다.

"어쨌든 아들이 왔다 간 것은 좋은 일이야. 이곳에 있는 것

중 너에게 도움이 될 물건이 분명히 있을 거야."

9장

오베르슈투름퓌러 프파프 중령

침대에 누웠지만 잠이 오지 않았다. 슈미트 장교가 이 침대를 사용했다는 것을 알고 나니 이불이 쇠사슬처럼 무겁게 느껴졌다.

눈을 감았다. 리다를 처음 만났을 때의 모습이 떠올랐다. 리다는 우리 중 마지막으로 트럭에 탔다. 우리는 라이히 강제수용소로 함께 갔는데, 아이들 대부분이 두려움에 훌쩍였지만 리다는 달랐다. 우는 아이들을 진정시켜주고 희망을 주기 위해 애를 썼다. 함께 노래를 부르자고 하며 아이들의 마음을 누그러뜨렸다. 그게 내가 리다를 좋아하는 가장 큰 이유다. 최악의 상황에서도 좋은 점을 찾는 것.

이불을 얼굴까지 끌어당겨 잠을 청했지만 리다의 잔상이 사라지지 않았다. 수용소 병원에서 탈출하기 며칠 전 리다를 마지막으로 봤던 모습이 떠올랐다. 리다는 병실에 몰래 들어와 나를 깨웠다.

"루카, 얼른 여기서 나가."

리다가 나에게 결연하게 속삭였다. 그 말이 아니었다면 나는 절대로 탈출할 수 없었을 것이다. 용기가 없는 나에게 리다는 지혜와 용기를 전해줬다.

얼굴을 손으로 가리고 생각을 몰아내려고 했다. 내일을 위해 쉬어야 했다. 잠을 잘 수가 없구나라고 생각하던 어느 순간, 깜빡 잠이 들었다.

불빛에 잠을 깼다. 마가레테 아주머니가 방문을 연 채 서 있었다. 복도의 불빛이 들어와서 눈이 찌푸려졌다. 마가레테 아주머니는 손에 원피스를 들고 있었다.

"가서 씻고 이걸 입으렴. 음식을 조금 챙겼어. 마차에서 먹을 거야."

"다른 옷 위에 입을까요?"

"아니. 그러면 너무 두꺼워질 거야. 여벌도 챙겼어. 마르틴이 가져온 짐에 미군 식량이 열 개나 들어있었단다. 작은 비상용 식사야. 모두 너를 위해 싸두었어."

마가레테 아주머니의 눈이 빛났다.

"감사합니다."

마가레테 아주머니가 나를 끌어안고 속삭였다.

“무사해야 한다. 너에게 무슨 일이 일어난다면 견딜 수 없을 것 같구나.”

나는 눈을 감았다. 그 순간만큼은 엄마 품에 있는 듯했다.

그날, 엄마는 거친 손으로 내 손을 감쌌다.

“아들아, 너의 지혜로 인해 무사할 수 있을 거야.”

나를 보는 엄마의 두 눈에 눈물이 그득했다. 그때 나치 군인이 곤봉으로 엄마 머리를 내리쳤다. 엄마가 바닥으로 쓰러졌다. 그는 엄마를 아무렇게나 들어 트럭 뒤에 내던졌다.

마가레테 아주머니의 품에서 빠져나와 숨을 크게 들이쉬었다. 아주머니는 아무 말 없이 나를 놓아주었다.

원피스라고 생각했던 옷을 살펴보니 윗옷과 치마였다. 먼저 치마를 입고 블라우스를 입으려는데 단추가 반대로 달려 있었다. 여자아이들은 이 점이 귀찮지 않을까? 화장실로 걸어가는데 치마가 다리에 감겼다.

거울에 비친 내 모습을 봤다. 치마와 블라우스를 입었지만 전혀 여자아이 같지 않았다. 치마를 입은 남자아이 같았다.

“들어가도 되니?”

마가레테 아주머니가 화장실 문틈으로 말했다. 나는 화장실 문을 활짝 열었다.

“이렇게는 아무도 속이지 못하겠어요.”

마가레테 아주머니는 나를 보더니 피식 웃었다. 순간 기분이 상했다. 살기 위해 하는 어쩔 수 없는 변장인데.

마가레테 아주머니는 주머니에서 머리 두건을 꺼냈다.

"거울을 보렴. 머리에 매줄게."

천을 반으로 접어 큰 삼각형으로 만들었다. 그리고 내 정수리에 대고 뒤에서 단단히 잡아당겨 세 모서리를 함께 묶어주었다.

마가레테 아주머니는 주머니에서 작은 천 주머니를 꺼내 나에게 보여줬다. 입구를 열자 체리 번이 들어있었다. 다시 주머니를 여미고 머리 두건 안에 빵이 든 주머니를 넣어 목 뒤쪽에 오게 여몄다. 마치 긴 머리를 말아 두건 안에 넣은 것처럼 보였다.

거울을 바라봤다. 낯선 사람이 거울 속에 서 있는 듯했다. 이상하게 엄마의 모습과 닮았다.

"자, 농장 소녀처럼 보이는지 한번 걸어보렴."

****

밖은 여전히 어두웠다. 헬무트 아저씨가 무가 가득 담긴 수레에 블리츠를 맸다.

헬무트 아저씨는 마가레테 아주머니 손을 잡아 수레 위로 올렸다.

"원래 이때쯤 배달을 나간단다. 루카, 반대쪽으로 올라가."

수레 위로 올라가서 마가레테 아주머니 옆에 앉았다. 하지만 헬무트 아저씨는 마차에 타지 않고 걱정이 가득한 얼굴로 서 있었다.

"배낭은 싸뒀다. 의자 아래 있어."

"아저씨는 안 가세요?"

헬무트 아저씨는 고개를 저었다.

"의심할 거야. 너와 마가레테만 가면 내가 아파서 일손을 도우러 온 것처럼 보이겠지. 그때처럼…."

헬무트 아저씨는 재킷 주머니에서 회색빛 작은 수첩을 꺼냈다. 그리고 내 손에 쥐어주었다.

겉에는 동그라미 안에 나치의 상징 하켄크로이츠가 양각으로 새겨져 있고, 원 밖에는 한 쌍의 날개가 달려 있었다. 신분 증명서였다. 열어보니 직인이 찍혀 있었고, 마가레테 아주머니와 닮은 여자아이의 사진 아래 베르타 프파프라고 쓰여 있었다.

"내 조카야. 오랫동안 병을 앓다가 작년에 죽었단다. 조카의 신분 증명서를 어렵게 손에 넣었지. 언젠가 한 번은 쓸 일이 있을 것 같아서. 혹시라도 검문을 당한다면 군인들이 너무 자세히 들여다보지 않으면 좋겠구나."

헬무트 아저씨가 손을 내밀어 내 손을 굳게 잡아주었다.

"루카, 부디 무사하렴."

어디에 가든 이 친절한 사람들이 몹시 그리울 것이다.

"여러 가지로 정말 감사했습니다."

마가레테 아주머니가 블리츠의 엉덩이에 가볍게 채찍을 휘둘렀다.

블리츠는 숨을 거칠게 쉬지는 않았지만 수레가 무거운지 끙하는 소리를 냈다. 이른 새벽 어둠 속으로 수레가 서서히 출발했다. 나는 내 생명을 구해준 집을 바라봤다. 그때 멀리서 폭탄이 터졌고 짧은 순간 헬무트 아저씨가 잘 가라고 손을 흔드는 것이 보였다. 나도 손을 흔들었다.

마가레테 아주머니와 나는 한참 동안 덜컹거리는 길을 갔다. 어떤 때는 길이 험해 마차에서 떨어지지 않으려고 두 손으로 수레를 꽉 잡고 있어야 했다. 한번은 앞바퀴가 큰 구덩이에 빠져 우리 두 사람 모두 앞으로 확 고꾸라질 뻔했다. 블리츠가 있는 힘껏 앞으로 나아갔지만 바퀴는 제자리에서 옴짝달싹하지 못했다. 나는 마차에서 내려 수레 뒤에 어깨를 대고 힘껏 밀었다. 다행히 바퀴가 다시 움직였다.

"네가 마차를 밀어줄 줄 알았다."

내가 의자에 다시 오르자 마가레테 아주머니가 얼굴에 묻은 흙먼지를 손수건으로 닦아줬다.

"하지만 방금 너는 치마를 입은 남자아이 같았어. 여자아이 행세를 하고 있다는 사실을 명심하렴. 다리를 모으고 팔꿈치도 몸에 더 붙여야 돼."

마을에 가까워지자 해가 떴다. 멀리 산이 보였다. 그곳에 정말 갈 수 있을까. 어쨌든 시도는 해야 한다.

큰길이 나오자 빵을 먹기 위해 잠시 마차를 멈췄다. 보온병을 열어 차를 한 모금 마시고 체리 번을 꺼내 먹자 다비드네 아버지가 만들어줬던 빵이 생각났다. 이제는 만날 수 없는 다비드를 생각하며 천천히 빵을 먹었다.

잠시 조용히 앉아 길을 갔다. 반대쪽에서 수레가 오자 마가레테 아주머니가 고개로 가볍게 인사했다. 하지만 마차의 속도를 늦추지는 않았다. 한번은 군대 트럭이 빠르게 우리를 지나쳐 어디론가 갔다.

겨울이지만 햇볕이 따듯했다. 마차 위에서 주위를 둘러볼 수 있었는데 끝없이 펼쳐진 들판 위로 드문드문 헛간이 딸린 농가가 보였다. 하지만 대부분 폭격을 맞아 부서져 있었다.

마가레테 아주머니가 마차를 남쪽으로 몰았다. 좁은 길이 나왔다. 집이 몇 채뿐인 아주 작은 마을을 지나면서 나는 말

없이 생각에 잠겼다. 이곳에는 인기척이 없었다. 폭탄이 떨어지기 전에 대피한 것일까? 이제 마차는 동쪽 길로 들어섰다. 여전히 침묵 속에서 길을 갔고 아무도 만나지 않았다. 이제는 집도 보이지 않았다.

약간 긴장이 풀렸을 때 독일군 트럭이 길가에 서 있는 게 보였다. 군인 한 명이 차 위에 반쯤 드러누워 책을 읽고 있었다. 다른 군인은 트럭 뒷칸에서 곤히 자고 있었다.

“다른 길로 가야할 것 같아요.”

마가레테 아주머니에게 속삭였다.

“침착하게 있어.”

책을 읽던 군인이 우리를 보더니 책을 덮었다. 구겨진 군복을 바로 잡으며 성큼성큼 걸어와 팔을 들어올리며 길을 막았다. 마가레테 아주머니가 블리츠의 고삐를 잡아당겨 마차를 세웠다.

“조카를 집에 데려다주는 길이에요.”

아주머니가 단호한 목소리로 먼저 말을 건넸다. 나는 옆에서 눈만 껌뻑거렸다. 마가레테 아주머니가 신분증을 찾아 내밀었다. 나도 베르타 프파프의 신분증을 찾아 건넸다.

군인이 신분증 두 개를 자세히 살펴보더니 내가 건넨 신분증을 손에 들었다. 숨이 턱 막혔다.

"기간이 만료됐네요."

"그래요? 얘야, 아버지께 가서 하나 발급 받아달라고 이야기해야겠구나."

마가레테 아주머니가 짐짓 놀란 목소리로 말했다.

"만료된 신분증으로는 보내드릴 수 없습니다."

"아니, 이 아이의 아버지가 누군지 알아요? 거기 신분증에 프파프라고 못 봤어요? 오베르슈투름퓌러 프파프 중령이 이 아이의 아버지라고요."

군인의 얼굴이 새파랗게 질렸다. 우리에게 신분증을 돌려주는데 당황한 표정이 역력했다.

"그 책은 무슨 책이에요? 그다지 업무적인 책으로 보이지 않는데. 베르타의 아버지가 업무 시간에 책을 읽는 군인이 있다는 사실을 알게 되면 참 기뻐하시겠군요."

군인이 손으로 머리카락을 넘겼다.

"죄송합니다. 즐거운 여행 되십시오."

그는 길에서 물러나 우리에게 손을 들어주었다. 지나가면서 나도 손을 흔들어줬다, 웃으면서. 트럭 뒤에서 잠을 자고 있던 군인은 이 모든 일이 벌어질 동안 깨지 않았다.

이들로부터 1킬로미터 정도 떨어진 뒤 나는 물었다.

"정말로 오베르슈투름퓌러 프파프 중령과 아는 사이세

요?"

"그런 사람은 없어."

마가레테 아주머니가 웃으며 말했다.

"그러면 왜 우리를 보내준 거예요?"

"그 정도 지위라면 어떤 군인이라도 겁먹었을 거야."

길이 점점 좁아지다가 사라지고 이제 주위에는 풀만 무성하게 자라 있었다. 우리는 강가를 따라 좀 더 갔지만 곧 강둑을 가로지르는 굵은 나무가 나타났다. 마가레테 아주머니는 블리츠의 고삐를 잡아당겨 마차를 세운 뒤 나무를 바라봤다. 오랫동안 이 순간을 생각해 왔지만 막상 눈앞에 닥치자 덜컥 겁이 났다.

"이제 헤어질 시간이구나. 동남쪽으로 강을 따라가거라. 숲이 나올 거야. 어떤 곳은 덤불이고 들판도 나타났다가 습지도 나오지. 군데군데 집도 보일 거야. 이렇게 강을 옆에 두고 계속 숨어서 가야 한다. 큰길은 피해서 가."

나는 치마에서 신분증을 꺼내 마가레테 아주머니에게 건넸다.

"아주머니도 조심해서 가세요."

마가레테 아주머니는 내 볼을 토닥여줬다. 나는 마차에서 내려 무거운 배낭을 짊어졌다.

“어딘가에 몸을 숨길 때까지 여자 옷은 입고 있으렴. 이렇게 시야가 탁 트인 곳에서는 차라리 여자 옷을 입는 게 도움이 될 거야. 울창한 숲이 나타나면 그때 남자 옷으로 갈아입어.”

나는 블리츠에게 다가가서 갈기에 얼굴을 묻었다.

“잘 가, 고마운 내 친구야.”

나는 손을 들어 마지막으로 인사를 했다. 마가레테 아주머니는 고개를 한 번 끄덕이고는 블리츠에게 채찍을 가볍게 휘둘러 길을 되돌아갔다.

10장

자작나무 숲

나는 소나무 숲을 조용히 걸었다. 배낭의 무게가 어깨를 짓눌렀다. 발을 옮길 때마다 눈이 보드득거리는 소리가 났다. 걸을 때마다 이렇게 소리가 크게 나는데, 어떻게 남의 눈을 피할지 난감했다. 여자 옷이건 남자 옷이건 그게 중요한 게 아닌 것 같았다. 마가레테 아주머니가 해준 조언들이 소용없게 느껴졌다.

하지만 내가 걸을 때 이만큼 소리가 난다면, 누군가 다른 사람이 다가올 때도 소리가 날 것이다. 생각이 거기에 미치자 갑자기 마음이 편해졌다. 잠시 가만히 서서 호흡을 가다듬었다.

웅웅 하는 울림소리가 나지막이, 그러나 지속적으로 들려왔다. 어디서 나는 소리일까. 청개구리나 매미가 있다 하기엔 너무 늦은 계절이다. 그때 마른 나뭇가지에서 딱 소리가 났다. 작은 동물이 허둥지둥 도망가는 소리였을까, 아니면 숨어 지내는 다른 사람이 숲에 몸을 숨기는 소리였을까. 둘러보았지만 아무것도 찾을 수가 없었다.

나는 다시 걸음을 옮겼다. 한 시간 정도 걸어가자 소나무 사이로 드문드문 자작나무가 보이더니, 곧 대부분이 자작나무로 이루어진 숲이 나타났다. 나는 잠시 멈춰 서서 달라진 공기를 들이마셨다. 가을 낙엽과 희미한 흙냄새 사이로 송진 향이 길게 이어졌다.

하늘을 올려다봤다. 나를 둘러싼 자작나무 숲의 아름다움에 숨이 막혔다. 마치 키예프 외곽에 있는 비키브니아 숲 한가운데에 있는 듯했다. 할아버지 댁에 방문할 때마다 자작나무 숲을 걸었었는데.

매년 봄 다비드와 나는 학교에서 몰래 빠져나와 숲으로 도망쳤다. 산딸기를 따서 나눠 먹고 남으면 집에 가져가서 다비드의 아버지께 드렸다. 그러면 그걸로 산딸기 타르트를 만들어주곤 하셨다.

할아버지는 다비드를 각별히 여기셨다. 그래서 우리 둘이 할아버지 댁에 가면 우리에게 나무를 조각한 장식품이나 특별한 모양을 가진 조약돌 따위의 작은 선물을 주셨다. 한번은 갈색과 검정색 펠트로 벨트를 두 개 만들어 나와 다비드에게 선물로 주셨다. 정교하게 짜인 벨트였다. 할아버지가 몇 년 동안 하고 다닌 벨트와 비슷했다. 조금 다른 점은 할아버지 벨트에는 초록색도 섞여 있었다.

"내 것과 똑같이 만들어주고 싶었는데 초록색 펠트가 다 떨어졌구나."

다비드와 나는 할아버지가 만든 벨트를 좋아해서 늘 옷 위에 두르고 다녔다.

우리가 마지막으로 산딸기를 따러 다녔던 때는 키예프가 나치에게 함락을 당하기 전 여름이었다. 소련이 후퇴하는 무렵이었기 때문에 혼란은 극에 달했다.

숲속으로 걸어가는데 다비드가 멈추더니 어둡고 번들거리는 자국을 가리켰다.

"저게 뭐지?"

나는 허리를 굽혀 얼룩을 만져보았다. 피였다.

"누가 죽은 사슴을 끌고 갔나 봐."

삼십 분쯤 후에 할아버지 댁에 도착했을 때 할아버지는 낡은 식탁 앞에 멍하니 앉아계셨다. 그날따라 할아버지가 작아 보이다 못해 몸 안으로 쪼그라든 것처럼 보였다. 할아버지는 걱정스러운 눈빛으로 우리를 바라봤다.

"이제 여기 오지 말렴."

"왜요? 여기 오는 게 좋은걸요."

다비드가 이유를 물었다.

"유령 소리를 들었단다. 언젠가부터 그들의 한숨이 숲을 떠돌아다니는구나. 소리 때문에 밤에도 잠을 자지 못해. 이곳은 저주를 받았어."

할아버지는 말린 버섯을 우리 손에 가득 쥐어주며 볼에 입을 맞춰주었다.

"이제 가거라."

집으로 돌아오는 길에 숲에서 가장 깊은 곳에 이르러 걸음을 멈췄다. 다비드가 손가락을 입술에 댔다. 몇 분 후 나는 고개를 저었다. 유령 소리는커녕 자작나무 사이로 부는 바람 소리만 들렸다.

도시에 도착하자 가솔린 냄새가 공기 중에 섞여 있었다.

"이쪽이야."

다비드가 내 소매를 붙잡아 뒷골목으로 데려갔다. 소련 비밀요원들이 으스대며 한 무리의 젊은 남자들에게 총을 겨눈 채 길가로 끌고 나왔다.

"페트로 형 맞지?"

다비드가 키 큰 포로를 가리키며 속삭였다.

나는 고개를 끄덕였다. 뒤이어 마이론, 드미트리, 볼로디미어, 마이로슬라브 등 동네 어른들이 보였다. 아버지가 잡혀가셨을 때 우리 집에 방문했던 사람들로 대학에서 학생들을 가르치다가 소련이 키예프를 점령하면서 해직당했다.

소련 비밀요원들은 이들을 비키브니아 숲으로 끌고 갔다.

"따라가보자, 저들이 무슨 짓을 하는지 보자."

"다비드, 잠깐만. 우리 아빠들은 이미 붙잡혀 가셨어. 우리 중 한 사람이라도 없어진다면 엄마들이 견딜 수 없을 만큼 힘드실 거야."

다비드가 한숨을 내쉬었다.

"가끔 너는 최악의 상황을 생각해."

"좀 더 조심할 필요가 있어."

다비드가 조심성이 더 있었더라면 얼마나 좋았을까. 하지만 이제는 돌이킬 수 없는 일이다.

마음속에서 이런저런 생각을 몰아내고 현재에 집중하기로 했다. 내가 걸어가야 하는 이 숲은 1941년 여름 비키브니아 숲과는 다른 위험이 도사리고 있을 것이다.

나는 강을 따라 걸었다. 강이 굽이칠 때에도 그대로 따라갔다. 강은 결국 산이 시작되는 곳과 연결되기 때문이다. 지름길이 있을지도 모르지만 길을 헤매는 위험을 무릅쓰고 싶지 않았다. 여자 옷을 입고 몇 시간을 계속 걸었다. 머리에 두건을 풀어서 목에 매고, 안에 있는 빵을 잘라 먹었다. 다시 다비드와 다비드네 빵집이 생각났다. 친구를 완전히 잊을 수는 없었다. 마치 내 옆에서 걷고 있는 듯했고 더 용감해지라고 이야기해주는 것 같았다.

하지만 비키브니아처럼 이 숲에도 유령이 있을 것만 같아 두려웠다. 걸음을 멈추고 여자 옷을 벗어버리고 싶었지만, 누군가 지켜보는 것만 같아서 망설여졌다. 어두워진 후에 옷을 갈아입는 편이 나을 것 같았다.

첫날, 기운이 남아 있을 때 가능한 많이 걸어두려고 계속 걸었다. 걸을 때마다 치마가 무릎 사이에 걸려서 불편했다. 어떻게 여자아이들은 이렇게 불편한 옷을 참고 입는 것일까. 얼른 해가 져서 옷을 벗고 싶었다.

아침나절을 계속 걸어서 좁은 시냇가에 도착했다. 몸을 굽혀 신선하고 깨끗한 물을 손으로 떠서 마셨다. 한낮이 되면서 불에 탄 숲이 넓게 펼쳐졌다. 검게 그을린 나무가 높이 솟아 하늘을 가리고 있었다. 발밑에서 숯이 밟히는 소리가 났고 탄 냄새가 올라왔다. 갑자기 이상하리만큼 슬픈 감정이 휘몰아쳤다. 나는 다리에 힘이 풀려 그을린 땅에 주저앉고 말았다.

1941년 여름의 기억이 휘몰아쳤다. 나치가 돌연 태도를 바꿔 동맹국을 공격하기 시작하던 때. 스탈린은 당황해서 키예프의 모든 것을 불태우라고 명령했다. 불태우지 않은 것은 모조리 부쉈다. 나치가 도착하기 전에 도시는 이미 잿더미가 되어 있었다.

7월과 8월을 지나며 재는 검은 눈처럼 내렸고, 키예프의 하늘은 연기가 먹구름처럼 자욱했다. 소련 비밀요원은 주정부 건물, 교회, 유대교회당 등을 가릴 것 없이 모두 급습해서 파괴했다. 출생 기록과 사망 기록, 혼인 증명서, 신문과 학술지, 세금 기록 등 가리지 않고 모두 태워버렸다. 그때 유리창을 아무리 닦고 또 닦아도 재가 남았다.

9월이 되자 나치가 도시에 진입한다는 방송이 거리에 울려 퍼졌다. 나는 우리 군인들이 나치를 몰아낼 것이라고 믿으며 열렬히 응원했다.

하지만 이상한 일이 일어났다. 정치인들이 도망갔다. 공산당 대표와 공직자들, 공무원, 소방관, 경찰들이 도망갔다. 트럭과 화물차에 음식과 귀중품들을 다 싣고 갔다. 무기도 가져갔다. 가져갈 수 없는 것에는 기름을 뿌렸다.

그들은 아프고 가난한 사람들과 힘없는 노인들만 남겨두고 떠났다. 키예프를 버리지 않은 용감한 사람들도 있었는데…, 그들은 지금 어디에 있을까. 아마 모두 유령이 되었을 것이다.

다비드와 나는 언덕에 올라가 황금빛 돔 지붕으로 유명한 페체르스카야 수도원 방향을 바라봤다. 엄마는 우크라이나 정교회 성당과 수도원이 수천 년 전부터 있었다고 했다. 땅 아래에는 지하 터널이 이어져 있었다. 지하 터널이 노브고로드(구소련 서북부) 쪽으로 수백 킬로미터나 이어져 있다고 믿는 사람도 있었다. 침입자들이 들어오면 키예프 사람들은 그 터널을 통해 빠져나갈 수 있다는 것이다. 하지만 이제 페체르스카야 수도원은 소련의 박물관이 되었다. 나는 어린 시절부터 다비드와 함께 그곳에 자주 가서 계단을 오르내리고 유서 깊은 돌벽 주위를 걸었다. 순찰하는 군인들과 놀기에 최고의 장소였다.

9월 어느 날 페체르스카야 수도원의 꼭대기 층에서 다비드가 할아버지 댁을 가리켰다. 비키브니아 숲에서 검은 구름이 뭉게뭉게 피어오르고 있었다.

“왜 숲을 불태우는 걸까?”

다비드가 물었다. 지난번 할아버지를 찾아갔을 때 할아버지가 불안해하던 모습이 생각났다.

“할아버지는 무사하실까?”

“알아낼 방법이 하나 있어.”

우리는 계단을 내려가서 마을을 벗어나 달렸다. 불에 탄 숲에 도착하자 소련 비밀요원이 우리 앞을 막았다. 그중 한 명이 앞으로 나왔다. 미샤. 전쟁 전까지 우리 집 근처에 살면서 나와 다비드가 다니는 키예프 제75학교를 졸업한 형이다.

"여기는 이제 안전하지 않아. 집으로 돌아가."

"하지만 할아버지가 저쪽 너머에 사셔서 가봐야 해."

"괜찮으실 거야. 돌아가."

미샤가 귀찮다는 듯 총검으로 나를 쿡 찔렀다.

우리는 다시 돌아가야 했지만 마음이 편하지 않았다. 며칠 뒤 나치가 도착했다. 다비드와 나는 페체르스카야 수도원 꼭대기에서 우크라이나 공산군이 무기를 내려놓고 항복하는 모습을 충격 속에서 지켜봤다. 많은 사람이 도망을 갔다. 아무도 맞서 싸우지 않았다.

나치 군대가 키예프 주위에 설치한 모래주머니와 철조망을 치우고 도시 안으로 들어왔다. 이들은 깨끗한 군복을 입고 빛나는 군화를 신었다. 얼굴도 아주 깨끗했다. 소련군이 항복을 선언하고 물러난 건물들에 본부를 세웠다. 그들은 처음에는 친절했고, 우리나라의 질서를 바로잡는 것처럼 보였다.

이제 소련 비밀요원들은 숲을 봉쇄하지 않았다. 나는 할아버지를 만나러 가고 싶었다. 다비드와 함께 숲으로 가는 길에 우리처럼 그곳에 가려는 사람들을 만났다.

숲에서 가장 화재 피해가 심한 지역에 다다르자 비탄에 빠진 한 무리의 사람들이 동그랗게 모여 있었다. 여자들이 소리 죽여 흐느끼는 소리에 등골이 서늘해졌다. 내 뒤를 따라오던 다비드와 함께 무슨 일인지 가까이 가봤다.

그곳에는 시체가 쌓여 있었다. 대부분 목이나 가슴에 총알이 박힌 자국이, 혹은 칼에 찔린 붉은 상처가 있었다. 젊은 남자들이 많았다. 소련 비밀요원들이 숲으로 데려간 사람들 중 한 명인 마이로슬라브 아저씨도 있었다.

내 옆에 있던 여자가 앞에 놓인 한 여자 시체의 코트 주머니에서 삐져나온 종잇조각을 꺼냈다. 종이를 펴자 피로 얼룩진 종이 위에 알아볼 수 없는 언어로 무언가가 쓰여 있었다.

여자가 우크라이나어로 바꿔 읽었다.

'내 이름은 엘즈비에타 슬로스키입니다. 바르샤바 크루자 거리에 살고 있어요. 만일 내가 죽는다면 카톨릭 식으로 묻어주세요.'

폴란드는 이곳에서 먼 곳이다. 소련 군인들이 그 사람들을 이곳까지 데려와서 죽인 것일까. 나도 모르게 주먹을 불끈 쥐었다.

"루카."

다비드가 내 어깨를 잡았다. 고개를 들어보니 시체가 쌓인 곳에서 갈색과 검정색, 초록색이 섞인 펠트 벨트가 눈에 들어 왔다. 얼굴을 확인하지 않아도 할아버지라는 것을 알 수 있었다. 막 달려가려는데 다비드가 나를 붙잡았다.

"이곳에서 나가야 해. 여긴 저주를 받았어."

11장

키예프가 아닌 곳

독일 땅에서 도망치는 길에 검게 그을린 숲을 만났다. 금세 아물지 않은 마음속 깊은 상처가 떠올랐다. 어떻게 이 슬픔을 이겨내고 앞으로 나아갈까. 절망으로 인해 머리가 어지러웠다.

순간 목 뒤가 축축해졌다. 손을 뻗어 뒷덜미를 만져봤다. 따뜻한 느낌이지만 피는 아니다. 손바닥을 보니 회색빛 새똥이었다.

새를 향해 주먹을 흔들었다. 그러다 뚝 그쳤다. 다시 생각하니 새에게 감사한 마음이 들었다. 이곳은 1941년의 키예프가 아니다. 이 년이나 흘렀지만 나는 여전히 살아 있다.

목에 묻은 새똥을 닦아냈다. 이제는 슬픔의 자리에 공포가 밀려오기 시작했다. 이 숲은 시시각각 변한다. 게다가 내가 서 있는 이 공터는 사방이 트여 있다. 황급히 나무 쪽으로 뛰었다. 연기를 많이 마셔서인지 숨 쉴 때 가슴에 통증이 느껴졌다.

등에서 땀이 흘렀다. 겨우 불에 탄 지역을 벗어나자 키가 내 허리를 넘지 않는 어린 전나무 숲이 나왔다. 이런 곳에서는 눈이 나쁜 군인이라고 해도 나를 찾아낼 것만 같았다.

강으로 가는데 진흙이 질퍽거리고 덤불이 우거져서 걷기가 힘들었다. 가능한 강가에 바짝 붙어 걸었다. 강 역시 숲만큼 시시각각 변해서 예측하기 힘들다. 게다가 반대쪽은 잘 보이지도 않았다. 강둑은 걷기 충분할 정도로 넓었지만 가끔씩 미끄러지는 바람에 허벅지가 욱신거렸다. 한번은 단단한 땅인 줄 알고 발을 디뎠는데 부츠가 진흙에 쑥 빠졌다. 때마침 군대 정찰선이 지나갔다. 나는 움직이지도 못한 채 그저 아무도 나를 발견하지 않기만을 기도했다. 그러는 동안 내 몸은 조금씩 진흙 속으로 빠져들었다. 정찰선이 완전히 지나간 뒤에야 뒤늦게 몸을 끙끙거려 겨우 진흙에서 빠져나왔다. 그리고 덤불 뒤에 있는 큰 바위 위로 기어올라 안도의 숨을 내쉬었다.

11월 치고는 포근한 날씨였지만 해가 지면 기온이 뚝 떨어졌다. 낮 동안 땀에 젖어 밤이 되면 몸이 떨렸다. 다리와 발도 아팠고, 뾰족한 전나무 잎이 옷에 달라붙어 따끔거렸다.

어린 전나무 숲이 마침내 끝나자 키가 큰 전나무들이 나타났다. 나는 배낭을 벗어서 땅에 내려놓고 더러운 블라우스와 진흙 범벅이 된 치마를 벗었다. 치마를 털자 진흙 덩어리들이 떨어졌다. 먹다 남은 빵도 툭 떨어졌다. 소중한 음식을 버릴 수는 없었다. 옷과 빵을 한데 말아서 배낭 주머니에 넣었다. 속옷과 지저분한 양말과 부츠만 걸친 채 가방을 뒤적이는데 갑자기 딱 하고 나뭇가지가 부러지는 듯한 소리가 났다. 심장이 덜컥 내려앉았다.

나는 얼른 배낭을 들고 전나무 뒤로 숨었다. 온몸에 소름이 돋은 채 숨을 죽였다. 수상한 소리가 그저 지나가기만을 기다렸다. 다행히 아무 일도 일어나지 않았다.

부츠를 벗기에 좋은 타이밍은 아니었지만 우선 바지를 입어야 했다. 혹시 붙잡힌다 해도 수치스러운 것보다는 바지를 입고 있는 편이 나았다. 한 발로 균형을 잡고 부츠와 젖은 양말을 벗었다. 발뒤꿈치에 잡힌 커다란 물집이 양말에 딸려 나갔다. 생각지 못한 고통에 얼굴이 일그러졌다. 반대쪽 발에도 큰 물집이 있었지만 첫 번째 물집보다는 상태가 나았다.

셔츠와 바지를 입고 그 위에 재킷을 걸쳤다. 깨끗하게 마른 양말 위에 부츠를 신고 끈을 맬 때까지 가슴이 방망이질을 쳤다. 나무에 몸을 기댄 채 주변에 귀를 기울였다. 아마도 건조

한 전나무에서 나는 소리였으리라. 숲은 다시 숨 막힐 듯 고요해졌다.

이제 밤 동안 눈을 붙일 안전한 장소를 찾아야 했다. 하지만 조심해야 할 것은 군인뿐만이 아니었다. 위험한 들짐승이 있지는 않을까 걱정이 됐다. 그렇다고 뜬눈으로 밤샐 수는 없었다. 밤에 쉬지 못하면 산까지 도착하기 전에 쓰러져버릴 것이다. 다시 배낭을 짊어지고 사람이 다닐 수 있는 길에서 가능한 멀리 떨어진 울창한 숲으로 들어갔다. 낮은 덤불이 빽빽하게 엉켜 있는 곳을 찾아 기어들었다. 날카로운 나뭇가지에 얼굴이 긁히고 머리카락이 걸렸다. 편하게 잘만한 곳은 아니었으나 숲에 들어와서 처음으로 내 몸을 안전히 숨긴 곳이었다.

헬무트 아저씨와 마가레테 아주머니가 싸준 전투 식량이 생각났지만 소중한 음식을 너무 빨리 없애고 싶지 않았다. 진흙이 묻은 빵 반쪽을 꺼냈다. 이거면 충분하다. 한 입만 먹고 나머지는 다시 셔츠 주머니에 넣었다. 빵을 입에 넣자 다비드가 다시 생각났다.

1941년 9월 나치가 키예프를 점령했다. 숲속의 거대한 무덤이 알려지자 이들은 기자를 보냈다. 곧 무덤 위쪽에 있던 시체들을 내려 줄지어 늘어놨다. 키예프 사람들은 강제로 이 장면을 봐야 했다. 한 명씩 지나가면서 우리가 사랑하는 사람이 비키브니아 숲에 있지 않기를 기도했다.

나는 할아버지의 시신이 그곳에 있다는 사실을 이미 알고 있었다. 피하고 싶었지만 엄마와 그곳을 지나가야만 했다. 곧 나치가 죽 늘어놓은 시신들 사이에서 할아버지를 발견했다. 마음이 무너질 것 같았다. 그와 함께 또다른 불안감이 엄습했다. 혹시 아버지가 여기 계시면 어떡하지? 다비드의 아버지는?

나, 엄마, 다비드, 다비드의 엄마, 우리 네 사람은 함께 숲으로 가서 울부짖는 부녀자들 뒤에 줄을 섰다. 바닥에 늘어선 시체들은 페체르스카야 수도원 방향에 발을 두고 누워 있었다. 군인 한 명이 다른 사람에게 위쪽의 시체들은 여름에 처형됐기 때문에 신선하다고 속삭였다. 그의 말에 따르면 깊은 구덩이를 팠고, 그 구덩이에 몇 년 동안 시체를 버렸기에 적어도 몇 만 구의 시체가 있을 거라고 했다. 나는 그 숫자를 가늠할 수도 없었다. 이런 일이 가능하기나 한 일인지 알 수 없었다. 왜 스탈린은 자국 사람들을 이렇게 많이 죽인 것일까.

비키브니아 숲은 분명 수많은 유령으로 가득했다. 한 구 한 구 시신을 지나쳐가면서 이 시신이 내 아버지가 아니어서 다행이라는 생각만 들었다. 슬픔이 가득한 무거운 분위기 속에서 가끔 가족의 시신을 발견한 사람이 지르는 외마디 비명이 들렸다. 그곳에는 울음소리와 비명, 자작나무 사이를 가르는 바람 소리만이 있었다.

다음 날 나치 신문에 비키브니아 숲에 대한 기사가 실렸지만 스탈린과 소련 비밀요원을 비난하는 내용은 없었다. 숲에 있던 시체들이 처형당한 유태인이라고만 나와 있었다. 엄마는 신문을 구겨서 마루 위로 던져버렸다.

"누굴 바보로 아나. 모든 걸 유태인 탓으로 돌리고 있어."

다비드의 어머니 카간 아주머니가 엄마에게 말했다.

"스탈린이 우리에게 마지막으로 보내는 지독한 농담이네요."

부엉이 울음소리에 카간 아주머니의 모습이 사라졌다.

돌아누우려고 했는데 가시덤불이 몸을 찔렀다. 칠흑 같은 어둠과 좁은 덤불에 숨이 막혔다. 이게 바로 거대한 무덤에 갇히는 느낌일까? 걱정과 불안을 떨치고 이제는 안전한 곳에 숨었다고 애써 생각했다. 그래도 이렇게 살아 있다. 지금에 집중하고자 했다. 그러나 눈을 감아도 쉽사리 잠이 오지 않았다.

천천히 숨을 들이마셨다가 내쉬었다. 그리고 심호흡을 반복했다. 네 번째 숨에 조금 차분해질 수 있었다. 눈을 떴다. 한 치 앞도 보이지 않았다. 나뭇가지가 하늘을 가리고 있었지만 멀리 있는 별을 볼 수 있다고 상상했다. 하지만 잠은 오지 않았다.

엄마도 지금 이 순간 하늘을 바라보고 있는지 궁금해졌다. 우리가 같은 별을 보고 있을까. 엄마, 아빠, 리다, 내가 가장 사랑하는 사람들이 모두 흩어져 있다. 하지만 같은 하늘 아래 살아 있다.

"무사해야 해."

나는 기도를 마치고 꿈이 없는 깊은 잠에 빠져들었다.

12장

친구들

날카로운 철조망이 몸을 꽉 조여오는 꿈을 꿨다. 눈을 뜨자 덤불의 가시가 온몸을 찔러대고 있었다. 빠져나오려고 애를 썼지만 가시는 팔다리에 더욱 깊이 박혔다. 나는 몸에 힘을 빼고 숨을 깊이 들이마셨다. 천천히 숨을 내뱉으며 리다를 생각했다.

최악의 상황에서도 주변 아이들에게 자장가를 불러주고 미소를 지어주던 리다.

다시 심호흡을 했다. 나도 이 상황을 이겨낼 수 있다.

리다. 리다를 두고 탈출한 것을 후회한다. 하지만 수용소의 병원은 병을 치료해주는 곳이 아니라 생명을 앗아가는 곳이었다. 만일 탈출하지 않았다면 나는 살아 있지 못했을 것이다. 리다를 데리고 나올 수 있었다면 얼마나 좋았을까. 전쟁이 끝나면 꼭 리다를 찾을 것이다. 더 이상 친한 친구의 죽음을 경험하고 싶지 않다.

그렇게 누워 기억과 싸우고 있는 동안 간간이 부엉이 울음소리와 마른 나뭇가지가 부러지는 듯한 딱 소리가 들렸다. 멀리서 비행기가 날아다니고 폭탄이 떨어지는 소리, 총소리도 들렸다. 이곳은 안전한 걸까? 다비드가 있던 곳보다, 리다가 있는 곳보다 훨씬 안전할 것은 분명했다. 그러나 숲의 한기가 뼛속까지 들어왔고 나는 완전히 혼자였다.

셔츠 주머니에서 번을 꺼내 조금 잘랐다. 코에 대고 희미한 체리 냄새를 맡았다. 헬무트 아저씨와 마가레테 아주머니가 베풀어준 모든 것에 감사함을 느꼈다. 그들이 베푼 마음으로 인해, 나는 전쟁 상황에서도 인간에 대한 믿음을 버리지 않게 되었다.

번 조각을 입에 넣었지만 딱딱해진 번은 음식이라기보다 톱밥 같았다. 그래도 부스러기를 흘리지 않으려고 노력하면서 꼭꼭 씹어 삼켰다. 이제는 아무것도 먹지 못할, 영원히 잠든 다비드가 생각났다. 여전히 수용소에 갇혀 묽은 무 수프만 먹으며 고된 노동을 하고 있을 리다도 생각났다.

눈이 스르르 감겼다.

눈이 내려 몸 위에 쌓인다. 한기가 든다. 발 위에도 눈이 내린다. 눈의 여왕이 뿌리는 것 같다.

내 앞에 리다가 앉아 있다. 옷에 달린 OST 배지가 어둠 속에서 빛난다. 한 손에는 실이 꿰어진 바늘을 다른 손에는 다른 배지를 들고 있다. 내 플란넬 셔츠 위에 배지를 대고 바느질을 시작한다. 그러나 바늘로 살을 찔러 피가 난다.

살에 닿는 따가운 느낌에 놀라 생각에서 깨어났다. 셔츠 안으로 손을 넣어 보니 털 뭉치가 손에 잡혔다. 그때 다람쥐 한 마리가 이제는 별로 신선하지 않은 번을 꽉 깨물고 도망가려고 했다. 나는 얼른 번을 붙잡았지만 다람쥐도 지지 않고 버티는 바람에 꽤 큰 덩어리가 떨어져 나갔다. 다람쥐는 생각지 못한 선물을 가지고 꼬리를 실룩이며 도망쳐버렸다.

햇살이 비췄다. 이렇게 따가운 덤불 안에서 다람쥐가 옷 속으로 들어오는지도 모른 채 밤새 잠을 잤던 것일까? 운이 좋았다. 덤불에 가려지지 않은 곳이었다면 더 위험했을 것이다.

***

이제 겨우 하루가 지났는데 숲이 조금 익숙해졌다. 배가 고프고 목이 말랐지만 시간을 허비하고 싶지 않았다. 그래서 마지막 남은 번 조각을 먹으며 계속 걸었다. 낙엽이 이슬에 젖어 걸어도 소리가 나지 않았다. 이제 개울은 나타나지 않았다. 강가에서 물통을 채우고 싶었지만 강둑이 너무 높고 물살도 거셌다. 그래서 풀에 맺힌 이슬을 손으로 훑어 목을 축였다.

먼지버섯이 보였다. 어떤 종은 독이 있기도 하지만 여기 있는 것들은 아니었다. 말린 먼지버섯은 지혈에도 좋기 때문에 조금 따서 배낭에 넣었다.

왠지 느낌이 좋았다. 이상한 점은 아무것도 마주치지 않은 것이다. 밤이 되어 다시 덤불 속으로 깊이 들어가 어렵게 잠을 청했다.

한밤중 멀리서 떨어진 폭탄에 땅이 흔들려서 선잠을 깼다. 비키브니아 숲의 기억이 다시 밀려왔다.

나치가 시체를 숲에 늘어놓은 며칠 뒤에 땅이 흔들려 잠에서 깼다. 천장에서 무언가가 내 머리 바로 옆에 떨어졌다.

나는 침대에서 벌떡 일어나 밖으로 나갔다. 페체르스카야 수도원에서 연기가 자욱하게 피어오르고 있었다. 그걸 보며 사람들이 웅성거렸다.

"소련이 떠나면서 무기 공장에 폭탄을 떨어트렸다!"

한 남자가 파자마 바람으로 마구 달리며 소리쳤다.

"소련이 아니야. 유태인 짓일걸."

나이 든 여자가 부서진 건물 계단에 앉아 말했다.

"어떻게 그렇게 이야기하실 수 있어요?"

내가 물었다.

"비슷한 일들이 많았거든. 나치가 범인을 몇 명이나 잡았어."

나이 든 여자가 나치 신문을 손가락으로 가리켰다.

도시에 남은 얼마 안 되는 유태인들은 병자나 노인, 여자들과 어린아이들뿐이었다. 우리와 크게 다르지 않았다. 중요한 사람들은 이미 안전하게 대피했다. 그리고 스탈린에 반대한 젊은 지도자들은 모두 비키브니아 숲에서 처형당했다는 사실을 알고 있다.

9월 24일, 스베르트로프 거리의 한 낡은 호텔에 마련된 임시 독일 관공서에서 주민 등록을 하라는 명령이 내려왔다. 수천 명의 사람이 참을성 있게 줄을 서서 기다렸고 새로운 관공서 직원들이 독일식 양식에 맞춰 서류를 작성하느라 진땀을 흘렸다.

드디어 내 차례가 됐다. 가만히 보니 받은 서류를 세 종류로 구분하고 있었다.

"왜 종이를 나누나요?"

내가 물었다.

"우리 나치 지도자들은 사람들의 종교와 믿음을 존중한단다. 소련과는 다르지. 이곳에 사는 유태인, 러시아인, 우크라이나인의 숫자를 파악해서 성당이나 유대교회당이 부족하지 않게 열기 위해서야."

수속이 끝나고 뒤돌아 나오며 그의 대답을 곰곰 생각했다. 그리고 페체르스카야 수도원을 다시 성직자들에게 돌려줄 수도 있겠다 싶었다. 그렇게 된다면 정말 다행인 일이다.

임시 사무실에서 수백 미터 지난 곳을 걷는데 시끄럽게 웅성거리는 소리가 들렸다. 갑자기 큰 충격에 몸이 붕 떴다가 쿵 떨어졌다. 몸 위로 건물의 잔해가 마구 쏟아졌다. 장난감 가게 이 층에 폭탄이 떨어져 그 파편이 쏟아진 것이다.

얼굴에서는 피가 흐르고 셔츠 등 쪽이 너덜너덜해졌다. 근처에 있는 어느 집에서 쇠약한 남자 한 명이 나와 손수건으로 내 얼굴을 닦아줬다. 그때 두 번째 폭탄이 거리를 뒤흔들었다. 임시 사무실은 연기에 휩싸이고 건물의 잔해가 마구 날아다녔다.

"스탈린이 주는 또 다른 선물이군. 유태인들이 그랬다고 방송에 나오겠구나."

남자가 투덜거리며 피 묻은 손수건을 접었다.

이틀 동안 몇 분마다 폭탄이 터졌다. 소련이 후퇴하기 전에 비밀요원들이 건물에 설치해 둔 폭탄들이었다. 게다가 비밀요원들은 건물에 화염병을 던져 불을 냈다. 도시의 소방서는 이미 텅 비었기 때문에 불길은 잡히지 않고 점점 커졌다. 키예프 하늘은 거대한 잿빛 구름으로 뒤덮였다.

우리는 불을 꺼보려고 노력했지만 허사였다. 나치는 소련에 대한 보복으로 불타는 건물 옆에 있는 사람들에게 닥치는 대로 총을 쐈다. 다비드의 말에 의하면 불을 끄려고 노력하는 것이 아니라 단지 사람들을 죽일 구실을 찾는 듯했다.

9월의 마지막 일요일 저녁 나는 다비드와 함께 우리가 사는 공동 주택 지붕 위로 올라갔다. 눈앞에 펼쳐진 키예프 땅이 온통 불타고 있었다.

"다비드, 우리는 어떻게 될까?"

내가 물었다.

다비드는 대답 대신 길가에 벽보를 붙이고 있는 한 군인을 가리켰다.

"뭐라고 써 있는지 가보자."

벽보 앞에 사람들이 많아서 잘 보이지 않았다. 앞에 있는 누군가가 말했다.

"유태인들 모두 월요일 아침 8시까지 공동묘지 옆에 모이라고 써 있어. 짐을 싸서 말이야."

집으로 걸어가면서 다비드가 물었다.

"우리를 어디론가 데려가려는 것 같아."

나는 할아버지와 다른 시신들이 생각났다. 불길과 하늘로 치솟는 검은 연기도 떠올랐다. 마음 저 깊은 곳에서는 다비드가 나와 함께 있기를 원했지만, 그건 이기적이라고 생각했다. 다비드와 그의 엄마가 안전할 수 있다면 그 기회를 놓쳐서는 안 된다.

"이곳보다 더 안 좋은 곳을 상상할 수 있겠어?"

내가 물었다.

"뭐 최악의 경우 강제 수용소에 보내겠지."

다비드가 대답했다.

엄마는 카간 아주머니가 얼마 되지 않는 짐을 챙기는 것을 도왔다. 모든 여행자는 가방 하나만을 가져갈 수 있었다.

"가족 사진이구나. 이건 음식보다 더 소중하지."

카간 아주머니는 짐을 싸다 말고 낡은 앨범을 천천히 넘겼다. 그러다 사진 한 장을 꺼내 우리에게 보여줬다. 기대에 찬 표정을 한 앳된 신부의 사진이었다. 아주머니 뒤에는 다비드의 아버지가 서 있었는데 우리가 마지막으로 만났을 때와 크게 다르지 않은 모습이었다.

다비드의 사진도 한 장 꺼내 보여주었다. 두세 살쯤의 모습으로 여자아이처럼 곱슬머리가 귀여웠다. 절로 미소가 지어졌다.

"저 많은 사진 중에 그걸 가져가실 거예요?"

다비드의 얼굴이 붉어졌다.

"너는 정말 귀여운 아이였어. 천진난만하고. 그러니 그만 투덜거리렴."

카간 아주머니가 웃으며 대답했다.

엄마가 식품 저장고를 살펴보고 얼마 남지 않은 것을 나눴다. 크래커, 빵, 사과 몇 알, 양파 몇 개를 싸 주었다.

"가서 잘 먹게 될지 누가 알아요."

다음 날 엄마와 나는 다비드와 카간 아주머니를 기차역까지 데려다주기로 했다.

"소련이 왜 폭탄을 그렇게 터트리는지 이해가 안 가요. 나치가 유태인 탓을 할 거라고 생각하나 봐요."

엄마가 말했다.

"어떤 일이 일어나든지 우리는 언제나 욕을 먹어요."

카간 아주머니가 씁쓸하게 말했다. 아주머니의 말에 화가 났지만 사실이었다. 소련도 그랬고 나치도 그러고 있기 때문이다. 어떤 일들은 절대로 변하지 않는다.

다비드는 셔츠 두 장, 양말 세 켤레를 신고 가진 것 중 가장 좋은 옷을 입었다. 그 위에 겨울 외투를 걸쳤다. 그의 어머니도 가장 두꺼운 코트 안에 스웨터, 스커트 세 장씩을 입고 스카프 두 장을 두른 뒤 안감이 털로 된 부츠를 신었다. 그것은 다비드의 아버지가 신던 것이었다.

거리는 사람들로 가득했다. 어떤 사람들은 손수레를 끌고 나왔고, 어떤 사람들은 등에 커다란 짐을 지고 있었다. 들것에 실린 나이 든 랍비도 있었다. 유태인들만 나온 것이 아니었다. 그들의 친구들이나 유태인이 아닌 친척들이 함께 줄지어 걸었다.

"왜 유태인들만 대피시키는지 모르겠네. 왜 그 사람들만 특별 대우를 해주는 거지? 나도 기차에 탈 수 있으면 좋겠는데. 이곳은 연기가 너무 많이 나서 숨을 쉬기가 어렵거든."

허리가 굽은 여자가 지팡이를 짚고 절룩거리며 말했다.

우리는 사람들 사이에 섞여 멜니코프 거리를 걸었다. 군인들이 곤봉과 소총을 들고 줄지어 지나갔다. 무서운 개를 데리고 있는 군인도 있었다.

"저들이 시키는 대로 해야 되겠지. 왜 이렇게 군인이 많이 나왔을까."

멍하니 군인들을 바라보다가 깜짝 놀랐다. 아버지를 데려간 소련 비밀요원 사샤가 나치 군복을 입고 지나갔다. 사샤 옆에는 역시 비밀요원이었던 미샤도 있었다. 나는 엄마의 소매를 잡고 눈짓을 했다. 엄마가 고개를 끄덕였다.

"나쁜 사람들은 어떤 옷을 입던지 늘 한결같구나. 우리가 붙잡혀 갔을 때 고문을 즐기던 소련 비밀요원들도 보이네. 지금은 다른 군복을 입었지만 말이야."

갑자기 독일군 한 무리가 우리 앞을 막아섰다. 그 중 한 명이 손을 내밀었다.

"신분 증명서."

저먼 셰퍼드의 목줄을 잡고 있는 군인도 보였다. 군인들 뒤로는 가방과 박스 등 짐을 한가득 실은 트럭들이 줄지어 서 있었다.

우리 넷은 신분 증명서를 꺼냈다. 군인 한 명이 다비드와 카간 아주머니에게 말했다.

"두 사람, 짐을 저기 트럭에 실어. 통과."

그리고 나와 엄마에게 말했다.

"아버지가 없군. 집으로 돌아가."

나는 가기 전 다비드의 손을 꽉 잡고 말했다.

"행운을 빌어."

다비드는 슬픈 눈으로 애써 용감한 미소를 지어보였다.

"루카, 나를 잊지 마."

그리고 다비드는 엄마와 함께 군인들 쪽으로 걸어갔다.

그 후 다시는 다비드를 보지 못했다.

이틀 뒤에 우리는 그곳에 기차가 없었음을 알게 되었다. 나치는 키예프에 있던 유태인들을 모두 학살했다. 총알 자국이 난 유태인 시신들은 아직도 바비 야르 산골짜기에 쌓여 있다.

13장

다시 전쟁으로

"루카, 나를 잊지 마."

아직도 다비드의 목소리가 귓가에 생생하다. 다비드가 살아 있었다면 리다와 금방 친해져 우리 셋은 가장 친한 친구가 됐을 것이다.

이런저런 생각을 하는데 숲이 이상하게 텅 빈 듯한 느낌이 들었다. 이 거대한 숲에 있는 사람이 나뿐만은 아닐 것이다. 그럼에도, 한낮이 되도록 쉬지 않고 걸었지만 사람의 그림자도 보지 못했다. 멀리서 사슴 한 마리를 봤고 또 한번은 뱀을 밟을 뻔했지만 사람의 흔적은 없었다. 새들조차 조용했다.

강물에 다가갈 만한 장소를 찾아 최대한 강가에 붙어 걸었다. 하지만 계속 둑이 이어져 있고, 미끄러워서 물을 마시러 내려갈 수가 없었다. 둑 아래로는 거센 강물이 넘실거렸다. 한참을 걸었다. 그리고 겨우 수심이 상대적으로 얕고 강가에 조약돌이 깔려 발을 디딜만한 곳이 나타났다. 잔물결은 계속 일었지만 거세지 않았다.

나무뿌리를 계단 삼아 물가로 갔다. 일단 나무 뒤에 몸을 숨기고 혹시라도 주위에 누가 있지 않은지 한참을 살펴봤다. 인기척은 없었다. 조약돌이 깔린 곳을 지나 마른 돌 위로 올라갔다. 배낭을 벗고 돌 위에 앉았다. 주위는 고요하고 강물은 잔잔했다. 강물이 돌에 찰랑거리는 모습을 바라보고 있으니 마음이 편안해졌다. 전쟁을 피해 도망 중이라는 사실조차 잊어버릴 정도로 평화로웠다.

배낭을 바위 위에 둔 채 바위에서 내려갔다. 무방비 상태로 모습을 드러내는 것이 위험하긴 했지만 주위에 작은 배 한 척조차 없었고 반대편은 황무지였다. 돌 위를 폴짝폴짝 뛰어 수심이 무릎 정도로 얕은 곳을 찾았다. 우선 몸을 굽혀 물을 벌컥벌컥 들이마셨다. 갈증을 해소한 뒤 얼굴을 씻고 머리도 헹궜다. 목이 마르지 않은 기분이 참으로 오랜만이었다. 다시 바위 위를 밟고 평평한 바위로 돌아와 기지개를 켰다. 추웠지만 숲에서 벗어나 기분이 좋았다. 배에서 꼬르륵 소리가 났다. 가방에 있는 미군 전투 식량 하나를 꺼내려고 배낭으로 손을 뻗었다.

배낭이 열려 있었다. 내가 가방을 열어 놓고 물가에 다녀왔

던가? 기억이 나지 않았다. 안에 든 물건을 모두 꺼내 살펴봤다. 마가레테 아주머니가 챙겨준 여벌 옷과 휴대용 구급상자는 그대로 있었다. 고마워요, 마가레테 아주머니. 그리고 헬무트 아저씨!

배낭 뒤편에 빳빳한 천이 단단히 말려 있었다. 꺼내서 펴보니 크고 가벼운 비옷인데 카무플라주(초록색과 밤색이 어우러져 위장된 모양) 패턴이다. 아주 유용할 것 같았다. 그런데 전투 식량을 세어보니 아홉 개였다. 열 개여야 하는데.

어딘가에 흘렸을지 모른다. 아니면 처음부터 아홉 개만 챙겼을 수도 있다. 어쨌든 전투 식량을 먹으려면 물이 필요했다. 나는 다시 짐을 배낭에 넣었다. 그리고 강가로 내려가 물을 떴다. 다시 바위 위로 절반 정도 올라가는데, 고기 굽는 냄새가 바람을 타고 흘러왔다. 잠잠했던 위장이 요동을 치고, 온몸은 빳빳하게 긴장됐다.

주위에 분명 다른 사람들이 있다. 누가 내 배낭에서 전투 식량을 가져갔을까? 그렇다면 나머지는 남겨 두고 하나만 가져간 이유는 무엇일까? 말이 되지 않는다. 사실이 어떻든 갑자기 내가 있는 곳이 얼마나 다른 사람 눈에 쉽게 띌 수 있는가를 생각하니 식은땀이 흘렀다.

바위 끝까지 올라가 반대쪽을 내려다봤다. 처음에는 아무

것도 보이지 않았다. 그때 또 고기 굽는 냄새가 풍겼다. 자세히 보니 언덕 아래 공터에서 독일군 한 명이 소총을 손질하고 있었다. 발치에는 총 한 자루가 더 놓여 있었다. 주위를 살펴보니 몇 미터 옆에서 다른 군인이 모닥불 앞에 쪼그리고 앉아 소시지를 끼운 꼬치를 굽고 있었다.

순간 잽싸게 몸을 숨겼다. 숨을 고르며 생각해보니 이 군인들은 사방이 트인 공터에서 고기를 구울 정도로 주위를 경계하지 않는다. 왜 그럴까. 총을 가졌기 때문에 위험에 신경 쓰지 않는 것일까, 아니면 군에서 탈영한 군인일까.

아까 마신 물이 올라올 것 같았다. 나는 군인들이 내 머리를 보지 못하도록 납작 엎드렸다. 저들이 고기를 다 먹고 자리를 뜰 때까지 꼼짝 않고 숨어서 기다릴까. 하지만 다른 사람이 더 있다면 어떻게 하나. 나는 잡히고 말 것이다.

이런저런 생각으로 고민스러울 때였다. 마른 나뭇가지 하나가 툭 부러지는 소리가 났다. 고개를 돌렸다가 심장이 멎을 뻔했다. 내 나이 또래의 한 소녀가 얼굴을 찡그린 채 강둑 옆 덤불에서 나왔다. 소녀는 울 레깅스 위에 부드러운 가죽으로 만든 우크라이나 전통 신발 포스톨리를 신고 있었고, 누더기 같은 옷에는 진흙이 묻어 있었다. 소녀는 부러진 나뭇가지를 든 채 나를 올려다봤다. 내 주위를 끌려고 일부러 나뭇가지를 부러뜨린 것 같았다. 소녀는 검지를 입술에 대고 조용히 하라는 표시를 했는데 눈에 웃음기가 있었다. 내가 잠자코 보고 있자, 소녀는 어깨에 매고 있던 가방에서 전투 식량 한 개를 꺼냈다. 순간 나는 몹시 화가 치밀었다. 얼굴을 잔뜩 일그러뜨렸는데도 소녀는 빙그레 웃으며 가까이 다가왔다.

소녀는 우리가 마치 친구라도 되는 것처럼 뻔뻔하게 와서는 전투 식량 상자를 열어 비스킷 두 개를 꺼냈다. 하나는 내 손에 건네고 나머지 하나는 자신의 입에 넣었다.

저쪽에 있는 군인들에게 들키는 게 겁나지 않는 걸까? 이 아이가 하나를 먹었다면 나도 하나를 먹을 것이다. 식량을 도둑맞은 것도 모자라 겁쟁이까지 되고 싶지는 않았다.

나는 비스킷 한 귀퉁이를 조금 베어 씹으며 이 상황에 대해 생각했다. 이 소녀는 저 군인들과 어떤 관련이 있을까. 왜 내 물건을 훔쳤다가 다시 와 나눠 먹으려는 걸까.

그때 군인들의 목소리가 들렸다.

“대열에서 벗어나 이렇게 멀리 와도 되는지 모르겠네.”

“신경 쓰지 마. 다시 기지로 돌아가면 되지.”

“탈주자를 쫓아가야 하지 않을까?”

“여기에는 아무도 없어. 지금까지 이 지역을 샅샅이 뒤졌잖아.”

땅에 발을 쾅쾅 구르는 소리와 나뭇가지를 꺾는 소리가 들렸다. 아마도 불을 끄는 것이리라. 그런 뒤 발소리가 가까워졌다.

"이곳은 너무 조용해."

내 바로 위에 서 있는 군인이 말했다. 나는 바위에 몸을 바싹 붙이고 숨을 죽였다.

"빌리, 가자."

목소리와 발소리가 멀어졌지만 나는 바위에 몸을 붙인 채 꼼짝도 할 수 없었다. 소녀도 마찬가지로 가만히 얼어붙어 있었다. 몇 분 후 소녀가 가방에 조용히 손을 뻗었다. 비스킷을 두 개 더 꺼내더니 그중 하나를 나에게 내밀었다. 그리고 거의 들리지 않게 속삭였다.

"군인들이 갔어."

타 지역 억양이 강한 우크라이나어다.

"그런데 너는 누구야?"

나는 소녀를 노려봤다.

"네가 알 바 아니야."

"어디서 왔는데?"

소녀의 질문이 마음에 들지는 않았지만, 허물없는 태도에 경계심은 조금 누그러졌다. 하지만 저 애가 나치 스파이인지 알게 뭐람. 갑자기 돌변해서 내가 강제 수용소에서 탈출한 사실을 알고 있다고 말할지도 모른다. 내가 머뭇거리자 소녀가 말했다.

"말투로 봐서 키예프에서 온 것 같은데 거기에서 이 숲으로 온 건 아닐 테고. 어떻게 여기까지 오게 된 거야?"

"너는 어떻게 여기 온 건데? 아까 그 군인들이랑 관련이 있지?"

내가 쏘아붙였다.

"뭐라고? 나는 방금 너의 생명을 구했어."

"네가 한 건 내 음식을 훔친 것뿐이야."

"그렇게 크게 말하지 마. 다른 곳에 가서 이야기하자."

소녀가 속삭였다. 그러더니 나무뿌리들을 밟고 강둑을 기어올라 내가 올라오기를 기다렸다.

"이쪽이야."

소녀는 아까 군인들이 기대고 서 있던 전나무를 타고 위로 올라갔다. 모닥불에 아직도 불씨가 남아 있었다. 나는 우두커니 서서 소녀가 나무에 올라 나뭇가지 사이로 사라지는 것을 지켜봤다. 머리가 나뭇가지 사이에서 불쑥 튀어나왔다.

"안 올라올 거야?"

나도 나무를 올랐다. 소녀를 열심히 따라 갔지만 좀체 거리를 좁힐 수가 없었다. 소녀는 놀라울 정도로 날렵했다. 요리조리 나뭇가지를 밟고 가더니, 튼튼한 가지 위에 앉아 나더러 옆에 앉으라는 듯 손바닥으로 나무를 두드렸다. 나는 겨우 쫓아가 옆에 앉았다. 그리고 심호흡을 했다. 내가 숨이 턱 막힌 것을 들키고 싶지 않았다.

소녀가 아래를 가리키며 물었다.

"저거 보여?"

내가 둘러 보았지만 특별해 보이는 것이 없었다.

"저기 나뭇잎이 납작해진 곳이 군인들이 걸어온 길이야."

소녀의 설명을 듣고 다시 바라보자 이번에는 확실히 보였다.

"너도 숲 여기저기에 그 커다란 부츠 자국을 내고 다녔다고. 아침 내내 그 발자국을 따라왔어."

소녀는 곧 어깨를 으쓱하더니 말을 이었다.

"내가 네 발자국 흔적을 지우면서 왔어. 내가 아니었다면 군인들이 발자국을 보고 널 찾았을 거야."

다람쥐 한 마리 지나가지 않는 고요한 숲이었다. 새들조차 모든 움직임을 알고 있었다. 하지만 나만, 나만 몰랐다. 소녀가 내 목숨을 구해주었다니. 부끄러웠다. 게다가 이 아이는 열 살 정도로 나보다도 어려 보였다.

"왜 나를 구해준 거야?"

"나처럼 강제 수용소에서 탈출한 거 같아서. 스파이라면 그렇게 어설프지 않겠지. 뭐 그렇게 보이려는 것일 수도 있지만 말이야."

소녀는 손을 내밀었다.

"내 이름은 마르티나 찰루파야. 체코 사람이야."

"나는 루카."

나도 손을 내밀어 악수했다. 소녀는 손아귀 힘이 강했다.

"너도 수용소에서 탈출했니?"

소녀는 고개를 저었다.

"아니, 농장에서."

"여기 숲에 너 같은 아이들이 더 있어?"

소녀가 걱정스러운 눈빛으로 나를 쳐다봤다.

"아이들이 많이 탈출했지. 하지만 살아남은 사람은 거의 없어. 이곳 지역은 나치 군인이나 도망자를 잡는 사냥꾼들이 자주 나타나거든. 그들이 너를 발견하면 즉시 죽일 거야."

"그러면 이제 어떻게 해야 하지?"

"나와 함께 갈래?"

"글쎄. 어디로 가는데?"

마르티나가 한숨을 쉬었다.

"나도 모르겠어. 그냥 살고 싶어서 지금까지 버틴 거야."

"나는 산으로 가고 싶어. 전쟁을 피해서."

"나도 전쟁에서 도망치고 싶어."

"그러면 함께 가보자. 서로 도움이 될 수 있을 거야."

마르티나가 미소를 지었다.

"그러면 이제 무엇을 해야 할까?"

내가 물었다.

"할 게 없어."

"그냥 이렇게 가만히 있을 수는 없잖아."

"숲에서 살아남는 첫 번째 규칙. 밤에 움직이고 낮에는 숨는다. 그런데 너 이거 계속 신고 다닐 거야?"

마르티나가 내 부츠를 가리켰다. 나는 깜짝 놀랐다.

"이건 소중한 신발이야."

"부츠를 신으면 뭘 밟았는지 느껴지지 않아."

"수용소에서 맨발로 탈출하고 유리 조각을 밟았는데 발뒤꿈치가 많이 찢어졌어. 아직도 다 낫지 않았어. 그래서 이 부츠가 꼭 필요해."

마르티나는 여전히 의심스러운 표정이었다.

"그러면 나무에서 내려갔을 때 부츠를 신고도 소리 내지 않고 걷는 방법을 알려줄게."

마르티나는 머리를 기웃기웃 돌리며 주위를 한번 둘러보더니, 주머니에서 찌그러진 금속 보온병을 꺼냈다.

"이거 들고 있어 봐."

마르티나는 뚜껑을 돌려서 연 뒤 보온병만 나에게 내밀었다. 그리고 나에게서 훔친 전투 식량 안에서 작은 은박 봉투를 꺼냈다.

"이게 뭔지 모르지?"

마르티나는 봉투를 찢어서 열고 내용물을 보온병에 넣었다. 뚜껑을 닫고 보온병을 흔들었다. 나는 이 모든 과정이 신기했다. 마르티나는 보온병에 담긴 물을 뚜껑에 따라 나에게 줬다. 한 모금 마셔보니 달콤한 과일 향이 났다.

"와, 맛있다."

마르티나도 나머지를 마시고는 미소를 지었다.

"맛있지? 전투 식량은 몇 가지 종류가 있는데, 소고기 수프가 들어 있는 것도 있고 커피와 설탕이 들은 것도 있어."

마르티나는 보온병 뚜껑을 닫아 자신의 가방 안에 넣었다. 내 배낭에 남은 아홉 개의 전투 식량을 생각하자 헬무트 아저씨와 마가레테 아주머니가 나에게 얼마나 귀중한 것을 줬는지 깨달았다. 그들의 너그러운 마음씨는 어른이 되어서도 잊지 못할 것이다. 내가 무언가 말하려고 할 때 마르티나가 아래쪽을 보고 얼른 손가락을 입에 댔다.

독일 군인 세 명이 무거운 군화로 나뭇가지와 낙엽을 밟으며 지나가고 있었다. 가장 키가 큰 사람이 우리가 있는 나무 아래에서 모닥불 가장자리를 발로 밟아 불을 껐다.

"이것 봐. 빌리와 요한이 여기에 다녀갔군. 게으른 멍청이들 같으니라고. 숲 전체를 태울 뻔했어."

그가 군화로 불씨가 남은 모닥불을 뒤적이자 아직도 타고 있는 나뭇가지들이 드러났다.

"내가 처리할게."

키가 작은 군인이 바지 지퍼를 열고 모닥불에 오줌을 눴다. 더 이상 연기가 나지 않자 세 사람은 다시 걸음을 옮겼다. 나는 너무 긴장해서 심장이 잠깐 멈춰버린 느낌이었다. 마르티나가 나를 돕고자 하지 않았다면 나는 지금쯤 벌써 죽은 목숨이었을 것이다.

나뭇가지를 오르면서 손바닥에 물집이 잡혔다. 위험을 무릅쓰고 더 편한 곳으로 옮기고 싶지 않았다. 그래서 우리는 이곳에서 잠깐 눈을 붙이고 밤이 되면 땅으로 내려가 계속 걷기로 했다.

어둠 속에서 이동을 하는 데에는 연습이 필요했다. 나는 조용히 걷지 못했다. 마르티나가 부츠 바닥 전체를 땅에 천천히 디디는 방법을 알려줬다. 힘을 고르게 분배해서 살살 걸으면 나뭇가지를 별로 부러트리지 않고 조용히 걸을 수 있었다. 그리고 마르티나의 발자국을 그대로 밟아서 흔적을 최대한 줄이고자 했다. 마르티나는 나무가 별로 없는 곳을 걸을 때 나뭇가지로 발자국을 지우며 가는 방법도 알려줬다. 마르티나 덕분에 우리는 밤 동안 꽤 먼 거리를 무사히 갔다.

동이 트자 마르티나는 얽히고설킨 덤불의 가장 깊은 곳으로 들어가서 잠자리를 만드는 방법을 알려줬다. 전나무 가지를 나란히 바닥에 깔고 그 위에 누웠다. 몸 위에는 카무플라주 판초를 담요처럼 덮고, 그 위에 나뭇가지를 흩트려 두었다. 아늑하고 따듯했으며 밖에서는 전혀 보이지 않았다. 떠돌기 시작한 이후로 이렇게 안전한 느낌을 느낀 적이 있었는지 기억도 나지 않았다.

마르티나가 가죽 가방 안 전투 식량 상자에서 작은 통조림을 꺼냈다.

"여기에는 보통 고기나 치즈가 들어 있어. 이걸로 열 수 있어."

마르티나는 통조림을 뒤집어 바닥에서 작은 금속 따개를 꺼내 나에게 보여줬다. 그리고 작은 따개를 통조림 가장자리에 삐죽 나온 끄트머리에 끼워 돌렸다. 뜯기는 소리가 나고 곧 누린내가 풍겼다. 마르티나가 코를 찡그렸다.

"치즈네. 어딘가에 스푼이 있을 거야."

마르티나가 식량 상자 바닥을 뒤져서 작은 나무 스푼과 크래커를 꺼냈다. 크래커 위에 치즈를 발라 나에게 내밀었다.

냄새가 지독했지만 입에 가득 넣고 씹었다.

"나쁘지 않네."

"굶고 있을 때에는 무엇이든 괜찮지."

마르티나도 치즈를 바른 크래커를 씹으며 말했다.

"또 뭐가 있어?"

식량 상자를 뒤져보니 또 다른 작은 상자가 나왔다. 담배와 성냥이었다. 먹을 게 더 없다는 사실이 너무 안타까웠다.

"대부분 한 상자에 달콤한 비스킷이나 크래커, 물에 타 먹는 음료수 가루, 캔디, 고기나 치즈 통조림이 하나씩 들어 있어. 어떤 상자에는 담배가 있고, 어떤 상자에는 초코바가 있기도 해."

배를 채운 뒤에 자리에 누웠다. 하지만 졸리지 않았다. 마르티나와 나는 하루 내내 함께 다녔다. 이제 아침이 밝아 오고 있지만, 아직 서로에 대해서 아는 게 없었다.

"산에 도착하면 어떻게 할 거야?"

마르티나가 물었다.

"전쟁으로부터 최대한 멀리 피해 있을 거야. 그리고 전쟁이 끝나면 키예프로 돌아가서 아버지를 찾고 싶어."

나는 마르티나에게 시베리아로 붙잡혀 간 아버지 이야기를 해줬다.

"전쟁을 겪는 것보다는 시베리아가 더 안전할지 몰라."

"그랬으면 좋겠어. 아버지는 키예프로 돌아오실 거야. 그럴 분이셔. 그리고 내가 있었던 강제 수용소에서 만난 리다라는 친구가 있어. 어려움 속에서도 용기를 잃지 않고, 내가 수용소에서 탈출하도록 도움을 준 아이야. 전쟁이 끝나면 돌아가서 리다를 찾을 거야. 엄마도 수용소로 잡혀갔는데 키예프로 돌아오지 못하신다면 내가 찾으러 갈 거야."

마르티나도 자신의 이야기를 들려줬다. 마르티나의 아버지는 체코의 비밀군 활동에 가담했다고 한다. 체코 비밀군은 나치에게 협력한 체코슬로바키아의 하이드리히 총독을 암살한 혐의를 받고 있다. 이 사건은 비밀 대원들의 큰 성공이었고, 사람들에게 지지를 받았다. 하지만 나치는 몹시 화가 나서 암살에 '연대 책임'이라는 명목을 적용했다. 그리고 마르티나의 마을 리디체를 싹 태워버렸다. 남자, 여자, 그리고 어린아이들까지 학살했다. 몇 안 되는 살아남은 사람들은 죽음의 수용소로 보내졌다.

"나는 늘 잘 숨어 다녔어. 할머니 댁으로 도망가서 몇 주 동안은 괜찮았지. 하지만 곧 탈출한 수감자들을 찾는다고 나치가 들이닥쳤어. 할머니는 나 대신 자기를 데리고 가 달라고 빌었지만 그들은 코웃음을 쳤어. 우리 둘 다 잡아갔지."

"할머니는 지금 어디 계셔?"

마르티나는 자신의 손을 물끄러미 내려다보더니 말을 이었다.

"독일로 이송되는 기차 화물칸에서 돌아가셨어."

"그래서 혼자 남았구나. 이 숲에서는 혼자 얼마 동안 살았던 거야?"

"초여름부터. 이곳에서 오래 숨어 지내다보니 이곳 지리를 내 손바닥 보듯 잘 알아. 이쪽으로 지나가는 도망자들이 많아서 그 사람들을 도와주며 지냈어. 그리고 독일군들은 최대한 방해했고."

마르티나가 빙그레 웃었다. 내 물건을 훔친 나쁜 아이라고 생각했는데, 마르티나를 만난 건 행운이었다. 쭉 함께 다니고 싶었다. 헬무트 아저씨 집에서 들은 바로는 소련이 라이히(나치 시대의 독일)를 바짝 뒤쫓고 있다고 했다. 그리고 지도책에서 본 폴란드와 체코의 국경 지방이 이제 소련과 나치의 전쟁터가 되었음을 짐작할 수 있었다.

"나와 함께 가지 않을래? 함께 산에 도착하면 전쟁을 피할 수 있을 거야."

마르티나는 잠시 아무 말이 없었다.

"좋아."

"하루에 전투 식량 하나씩을 나눠 먹는다면 9일을 더 버틸 수 있어."

"나무뿌리와 풀을 먹는다면 그 이상을 버틸 수도 있지."

***

운이 좋은 날들이 계속됐다. 비가 오지 않는 날이 이어졌고, 마르티나와 함께 망을 보며 다니니 하룻밤 사이에 20킬로미터 혹은 그 이상을 이동할 수도 있었다. 낮에는 얕은 굴을 파고 그 위를 전나무 가지로 덮어 밖에서는 보이지 않도록 한 뒤 잠을 잤다.

"이대로라면 일주일 뒤에 산에 도착할 것 같아."

하지만 독일 지역에서 멀어질수록 숲에는 우리 같은 도망자들이나 피난을 가는 지역 주민들이 많아졌다.

하루는 높은 나뭇가지 위에 숨어 있는데 리다처럼 생긴 소녀가 피투성이가 된 맨발로 나무를 타고 올라왔다. 나는 팔꿈치로 마르티나의 옆구리를 쿡 찌르고 속삭였다.

"우리 저 아이를 도와주자."

마르티나는 손가락을 입에 대고 몇 미터 앞을 눈짓으로 가리켰다. 독일인 사냥꾼이 소녀의 등에 총을 겨누고 있었다. 방아쇠를 당기자 소녀가 나뭇잎 더미로 떨어졌다. 등에 붉은 피가 피어올랐다.

당장 나무 아래로 내려가서 아이를 구하고 싶었지만 이미 늦었다는 것을 알았다. 게다가 사냥꾼이 아직 그곳에 있었다. 사냥꾼은 소녀의 시신 쪽으로 걸어와서 총부리로 몸을 쿡쿡 찔렀다. 죽은 것을 확인하더니 그냥 길을 떠났다. 시신을 보이는 곳에 두어 다른 이들에게 경고를 하는 것이리라.

나와 마르티나는 밤이 되어 나무에서 내려왔다. 소녀의 시신은 계속 그 자리에 있었다. 피가 땅에 끈적하게 엉겨붙어 있었다. 죽은 소녀는 리다와 많이 닮은 듯했다.

"이 아이를 그냥 여기에 둘 수는 없어."

내가 말했다.

"나도 그렇게 생각해. 하지만 서둘러야 해."

나는 배낭에서 마가레테 아주머니에게 받은 치마를 꺼내 소녀를 감쌌다. 시신을 수습하는 동안 마르티나가 내 배낭을 들어줬다. 간신히 살아남았지만 결국 이렇게 죽게 된 소녀의 삶이 슬펐다. 이 아이가 살아 있을 때 소녀를 사랑하던 사람들은 이제 소녀가 어디에서 어떻게 죽었는지도 모른다는 생각을 하자 가슴이 아팠다. 다시 리다 생각이 났다. 리다가 무사히 살아 있을지 걱정이 됐다. 수용소에 있을까 아니면 탈출했을까? 어디에 있든 무사하기만을 기도했다.

"이쪽으로."

마르티나는 덤불이 무성한 곳으로 걸어갔다. 잔가지에 얼굴이 긁혔고 길이 험해서 넘어질까 걱정됐지만 나는 소녀를 꼭 안고 계속 걸었다.

"이곳에 놓자."

마르티나가 낮은 나무 아래를 가리켰다. 소녀를 내려놓고 그 위를 마른 낙엽과 돌로 덮어주었다. 제대로 된 장례는 아니었지만 우리가 할 수 있는 전부였다. 지나가는 사람들이 볼 수 있는 길 위에 두는 것보다는 훨씬 나았다.

14장

보이지 않는다 해도

나는 마르티나와 함께 열흘이 넘도록 산을 향해 걸었다. 산에 가까워질수록 추워졌다. 나와 마르티나는 외투와 판초를 서로 번갈아 가며 입었다. 판초는 비를 막기에는 좋았지만 추위를 막아주지는 못했다. 그래서 언제나 한 명은 추위에 떨어야 했다. 게다가 마르티나의 포스톨리는 낙엽이 깔린 가을 숲에서는 소리를 내지 않고 걸을 수 있었지만 겨울에는 별로 쓸모가 없었다. 날이 추워지면 발이 동상에 걸리거나 매끄러운 밑창 때문에 쉽게 미끄러졌다. 산이 어렴풋이 모습을 드러낼 때쯤 우리의 전투 식량이 바닥났다. 매서운 바람과 우박을 뚫고 밤새 걸었다. 아침이 되었지만 날씨는 나아지지 않았다. 눈보라에 휩싸였다.

"마르티나, 이대로 잠든다면 얼어 죽고 말거야."

마르티나의 입술은 이미 보랏빛이 되었고, 배에서는 쉴새

없이 꼬르륵 소리가 났다. 하지만 마르티나는 미소를 잃지 않았다.

"눈보라가 치는 날의 좋은 점은 앞을 내다보기 힘들다는 거야."

"좋은 점이라고?"

"이런 날은 도망자 사냥꾼들이 밖에 나오지 않을 거야. 운이 좋으면 마을에 가서 음식을 조금 얻을 수도 있고."

"해 볼 만하겠다. 어쨌든 먹을 걸 구할 다른 방법이 없으니까 말이야."

사실 눈보라의 좋은 점이 하나 더 있었다. 눈 위에 난 발자국을 지우는 수고를 하지 않아도 괜찮았다.

숲을 거의 벗어날 때쯤 마르티나가 갑자기 나를 나무 뒤로 이끌었다. 우리가 있는 곳에서 얼마 멀지 않은 곳에 흰 카무플라주 군복을 입은 군인 한 명이 보였다. 나는 숨을 멈추고 움직이지 않았다. 군인은 우리가 있는 곳을 지나쳐 계속 걸어갔다. 마르티나가 그의 뒤를, 내가 그 뒤를 쫓았다. 우리는 조심스럽게 군인이 남긴 발자국 위를 밟으며 걸었다.

군인은 길가에 세워진 군용 트럭으로 다가갔다. 우리는 나무 뒤에 숨어서 대화를 엿들었다.

"이곳에는 아무것도 없어."

"그래, 어서 트럭에 타."

우리는 트럭이 지나가는 것을 바라봤다. 멀리 가버리기를 바랐지만, 곧 트럭이 멈추더니 문이 열렸다가 닫혔다. 이들은 이 지역을 아주 꼼꼼하게 확인하고 있었다.

마르티나가 내 손을 잡고 나무 밖으로 끌었다. 아무렇게나 발자국을 내며 재빨리 길을 가로질렀다. 나는 그만 멈추라고 소리를 지르고 싶었지만 군인들 때문에 달리 방법이 없었다. 마르티나를 따를 수밖에.

길을 건너자 사방을 분간할 수 없는 지독한 눈보라 사이로 작은 오두막 한 채가 어렴풋이 보였다. 가까이 가보니 할아버지가 살던 작은 농가와 비슷했다. 나무 문에는 부서진 빗장이 걸려 있었고 문 앞에 눈이 잔뜩 쌓여 있었다.

마르티나는 잠시 멈칫하더니 문 앞에 쌓인 눈을 옆으로 헤치고 안으로 들어갔다. 나도 따라 들어갔다.

집 안은 엉망이었다. 나무 식탁은 뒤집혀 있고 깨진 그릇들이 바닥에 널려 있었다. 고기 스튜였던 것으로 보이는 내용물이 난로 위에 매달린 구리 냄비에 얼어붙어 있었다.

바닥에 놓인 나무 상자를 열어 봤다. 어린아이의 옷, 성경책, 나무로 만든 장난감 따위가 들어있었다.

"쓸만한 것은 없어."

마르티나는 벽난로에 매달린 나무 국자를 챙겼고 나에게는 부지깽이를 건넸다. 그러더니 벽이며 바닥 이곳저곳을 두드리기 시작했다. 빈 공간이 울리는 소리를 듣는 것이었다. 어느 지점에서 무릎을 꿇더니 바닥 타일을 들어내려고 했다. 하지만 잘 되지 않았다. 나도 옆에서 손가락으로 타일을 더듬으며 위로 들린 부분을 찾아보았다. 그때 갑자기 내게서 서너 발자국 떨어진 바닥이 찌걱 소리를 내며 솟아올랐다. 바닥에 숨겨져 있던 작은 문이 열린 것이다.

잠이 든 남자 아기를 안은 여자가 애원하는 눈빛으로 우리를 올려다봤다. 여자의 몸 상태가 좋지 않아 보였다.

"제발 해치지 마세요."

여자는 겁을 내며 위로 올라오려고 하지 않았다. 대신 우리가 내려가서 다시 문을 닫았다. 지하실은 촛불 몇 개로 어둠을 몰아내고 있었다. 숲보다 훨씬 따뜻했지만 어디선가 찬바람이 새어 들어왔다.

지하실에는 물이 담긴 양동이 하나, 마른 빵이 담긴 주머니, 나무 선반 위에 놓인 병 몇 개가 있었다. 천장에는 양파, 마늘, 비트가 담긴 자루들이 매달려 있었다. 여자의 얼굴에는 푸른 멍 자국과 눈썹 위로 상처가 나 있었다. 우리는 간단히 사정을 설명했다.

"아이가 아픈가요?"

내가 물었다.

"아니. 조용히 시키려고 양귀비 열매로 죽을 만들어줬어. 군인들이 우는 소리를 들을까 봐 겁이 나서."

나는 배낭을 뒤져 구급상자를 꺼냈다.

"아주머니, 다친 상처를 봐드려도 될까요?"

여자는 몸을 낮춰 얼굴에 난 상처를 보여주고 촛불을 가까이 들어줬다. 눈 위로 오래된 듯 해진 거즈가 붙어 있었다. 다행히 피가 흐르지는 않았다. 딱지를 건드리지 않으려고 노력하면서 마른 천으로 굳어진 피를 닦아냈다.

"군인들이 이랬나요?"

"그들이 내 남편과 큰아들을 데려갔어. 그리고 나를 그냥 죽게 내버려뒀지."

"아이는요?"

"이곳 지하실에서 자고 있어서 위험을 피했어. 군인들은 아이에 대해서는 몰라."

"하지만 아이에게 매일 양귀비 열매를 줄 수는 없어요. 그러면 아이가 죽게 될 거예요."

여자가 피 묻은 거즈를 들고 있던 내 손을 밀치며 노려봤다.

"내가 그걸 모를 거라고 생각하니? 안다고 해서 내가 어떻게 할 수 있을까. 그들이 우리를 찾게 내버려둘 수는 없어."

나는 딱지에 묻은 요오드를 부드럽게 닦으며 말했다.

"아주머니 말이 맞아요. 군인들이 아기의 소리를 들을지 몰라요. 지금은 갔지만 다시 돌아올 수도 있으니까요."

"대체 어떻게 해야 할지 모르겠구나."

여자는 나와 마르티나를 자세히 살펴봤다. 우리의 모습이 끔찍하다는 것을 안다. 깡마르고 더럽고 도움을 주기에는 너무 어리다. 하지만 여자는 왠지 모르게 안심하는 표정이었다.

"뭐 필요한 거 있니?"

"우리에게 따듯한 옷과 음식을 좀 나눠주실 수 있나요? 이곳에서 나갈 거예요."

"우선 이걸 먹으렴."

여자는 빵 주머니에서 마른 빵을 잘라 우리에게 한 조각씩 줬다.

"마루에 잘만한 곳이 있을 거야. 또 내가 너희에게 뭘 해줄 수 있는지 생각해 보마."

나는 마루로 가서 입고 있던 판초를 깔았다. 실내에서 잠을 잘 수 있다는 것만으로도 우리에게는 충분한 호사였다.

몇 시간 뒤에 눈을 떴을 때 잠든 마르티나의 몸 위로 회색

울 코트가 덮여 있었다. 나는 자리에서 일어나 앉았다.

"너희에게 줄만한 것이 이것뿐이구나. 부츠도 없고… 미안하다. 하지만 여기에 음식이 좀 있어."

내 옆에 작은 천 주머니가 놓여 있었다. 열어 보니 생선 절임, 훈제 돼지비계 한 덩어리가 있었다. 긴 여행에 좋은 음식이었다. 이런 것들을 갑자기 어디서 구했는지 묻지 않았다. 그 정도로 눈치가 없지 않았다. 우리에게 호의를 베풀어준 사람에게 죽은 이웃들의 집에서 물건을 가져온 행동으로 죄책감을 느끼게 하고 싶지 않았다.

"감사합니다."

마르티나가 일어나서 눈을 비볐다. 몸 위에 코트가 덮여 있는 것을 발견했다.

"이거 제 거예요?"

여자가 고개를 끄덕였다.

"이제 길을 떠나려고 해요. 많은 것을 주셔서 감사드려요."

"눈보라가 그쳤어. 밤이긴 하지만 왔던 길로 그냥 가서는 안 돼. 눈 위에 발자국이 찍힐 거야. 이쪽으로 와."

여자가 벽을 가린 천을 걷었다. 작은 굴이 나타났다.

"이쪽으로 가면 숲까지 이어져."

그때 나는 깨달았다. 마을 사람들 모두가 죽거나 숲으로 도망친 것이 아니었다. 사람들은 이런 상황에서도 숨어서 삶을 살아가고 있었던 것이다.

마르티나는 새로 받은 코트를 걸치고 음식을 가방에 넣었다.

"아주머니, 조심하세요. 그리고 도와주셔서 정말 감사합니다."

여자는 고개를 끄덕이더니 다시 천을 내려 굴을 가렸다.

우리는 어두운 굴을 기어서 나갔다. 두 손으로 바닥을 짚고 가느라 촛불을 들 수가 없었다. 어둠 속을 더듬거리며 조금씩 나아갔다. 키예프에 있는 페체르스카야 수도원과 그곳 아래 있는 모든 굴을 생각했다. 이렇게 작은 마을 아래에 얼마나 많은 굴이 이어져 있을까? 비밀 통로들을 나치가 절대로 발견하지 않기를 바랐다.

15장

버섯

일주일쯤 지나자 눈이 진눈깨비로 바뀌었다. 우리는 산등성이에 도착했는데 올라갈수록 산세가 험해졌다. 지표로 삼았던 큰 강은 작은 개울이나 습지, 호수 등으로 갈라졌다. 산은 이제 우리 앞에 거대하게 놓여 있었다.

마을 아주머니에게 받은 말린 생선과 돼지비계를 아껴 먹어야 했다. 산으로 올라갈수록 음식을 구하기 힘들어질 것이고, 이제 계절은 완전히 겨울로 접어들었기 때문이다. 산에는 늦가을에 피는 버섯이 드물게 남아 있기도 했다. 아빠에게 독을 제거하고 요리하는 법을 배우기는 했지만 숨어다니면서 요리를 할 수는 없는 노릇이었다.

달빛이 환한 어느 밤 마르티나가 말했다.

"이것 봐. 느타리버섯 아니야?"

무릎을 꿇고 앉아 버섯 한 가닥을 떼어 손바닥 위에 놓고 들여다보았다. 버섯은 희고 갓이 부드러웠다. 여느 느타리버섯처럼 끝이 말려 있고 주름이 단단해 보였다.

"그렇네."

"우리는 가끔 생으로 먹기도 했어."

"우리 집에서는 항상 요리해 먹었어. 살짝 데쳐 먹었지."

우리는 버섯을 열 송이 이상 따서 마르티나의 가방에 넣고 다시 길을 떠났다. 새벽이 와서 늘 하던 대로 굴을 파고 위에 전나무 가지를 덮었다. 완전히 몸을 숨긴 뒤에 마르티나가 버섯 두 송이와 물통을 꺼냈다. 나는 말린 생선을 한 조각 꺼내 반으로 나눴다.

신선한 버섯은 날로 먹어도 향긋했고 생선과 잘 어울렸다. 나는 마르티나의 가방에 손을 뻗었다. 버섯 두 개를 꺼내서 하나를 마르티나에게 건넸다.

"지금은 안 먹을 거야."

마르티나는 버섯을 도로 가방에 집어넣더니 등을 돌리고 잠을 청했다. 나는 두 번째 버섯도 먹었다. 배가 차는 느낌이 들고, 잠이 온다는 생각도 하기 전에 잠이 들었다.

자다가 배가 뒤틀리는 느낌에 잠을 깼다. 두 번째 버섯이 잘못된 듯했다. 아래로 내려보내거나 아니면 위로 게워내야만 했다. 판초 위의 전나무 가지를 몇 개 치우고 조심스럽게 밖을 내다봤다. 밝은 햇살에 눈이 부셨지만 아무도 없었다. 한낮인 듯했다. 모습을 드러내기 좋지 않은 시간이었지만 방법이 없었다. 계속 굴 안에 있다가는 토사물로 범벅을 만들 것 같았다. 마르티나가 한낮에 나간 것을 안다면 무척 화를 낼 것이지만 어쩔 수 없었다.

나는 굴에서 나와 근처 나무가 우거진 배수로로 기어갔다. 볼일을 마치고 바지 지퍼를 올리는데 땅이 흔들렸다. 재빨리 큰 나무 뒤에 숨었다. 다시 땅이 떨렸다. 잠시 후에 한 여자가 맨발인 채 코트와 부츠를 손에 들고 황급히 지나갔다. 왜 땅이 흔들렸을까? 여자는 무엇으로부터 도망치는 것일까? 은신처로 돌아가기 전에 우리가 위급한 상황에 처한 것인지 알아내야 했다.

나는 나무 뒤로 몸을 숨기며 재빨리 이동했다. 마을을 내려다볼 수 있는 곳으로 갔다. 마을에는 시골길을 따라 농가가 몇 채 흩어져 있었는데, 소련군 회색 탱크가 줄지어 서서 집들을 겨누고 있었다. 소련군이 이렇게 먼 곳까지 와 시골집들을 겨누고 있는 상황이 이상했다.

상황을 파악하고 있는데 갑자기 집 뒤로 펼쳐진 언덕에 녹색 독일군 탱크가 줄지어 올라왔다. 그리고 일제히 포구를 소련군 탱크에 겨누는 것이 아닌가. 곧 귀청이 터질듯한 소리와 함께 사격이 시작됐다. 초가지붕 하나에 불이 붙었다. 문이 벌컥 열리더니 어린아이를 안은 남자가 정신없이 나를 향해 뛰어왔다. 순간 내가 보고 있는 것이 무엇인지 깨달았다. 전쟁의 현장이 바로 이곳이었다.

나는 허겁지겁 은신처로 달려갔다. 나뭇가지들을 마구잡이로 치웠다. 마르티나가 벌떡 일어나 앉았다. 눈에 의문과 두려움, 분노가 서려 있었다. 그때 땅이 다시 흔들렸다.

"여기서 나가야 해! 탱크야. 저쪽에!"

나는 배낭을 집어 들면서 마르티나에게 소리쳤다. 우리는 전선과 반대쪽이기를 바라며 산으로 뛰었다.

***

날짜를 세다가 잊어버렸지만 우리가 산에 도착했을 때는 11월 중순쯤일 것 같다. 이제 비보다는 눈이 많이 내렸다. 산골짜기로 다가갈수록 얼음, 바위투성이 언덕, 깊은 크레바스(빙하 속의 깊이 갈라진 틈)가 나타나 앞으로 나아가기가 힘들었다. 어떤 곳에는 풀을 밟아 생긴 길이 마구 나 있었는데 몇몇은 탈출한 강제 수용소 노동자들이 만들었을 것이고, 몇몇은 이들이 어디로 가는지 알고 있는 자들에 의한 것이리라. 그렇다면 우리는 어디로 가야 할까. 알 수 없었다. 그저 폭격

소리가 나면, 나무 뒤나 덤불 속에 숨으면서 행운을 기도할 수밖에.

울창한 전나무 숲 너머로 하늘을 찢는 소리가 났다. 전투기가 날아가면서 나무 위로 폭탄을 마구 떨어트렸다. 우리는 납작 엎드렸고 총알이 머리 위로 마구 쏟아졌다.

음식이 바닥나서 뱃가죽이 허리에 붙을 것 같았다. 추웠고 두려웠다. 이제는 산으로 가는 것이 과연 옳은 판단인지 의심스럽기 시작했다. 아주머니와 아기가 숨어서 사는 마을을 발견했을 때, 그 마을의 어느 빈집이라도 들어가 머물렀어야 하는 게 아닌가 싶은 생각을 했다. 아니다, 계속 그곳에 숨어 있었다면 내 꿈을 포기한 느낌이 들었을 것이다. 비록 전쟁이 우리 뒤를 바짝 쫓고 있지만 나는 키예프로 돌아가 아버지를 찾는 게 맞다.

전쟁의 현장을 겪으면서 소련 군인들이 도망치는 것을 종종 봤다. 얼굴에 동상이 걸린 채 다 해진 부츠를 신고 숨어 있는 우리 옆을 힘없이 지나쳐갔다. 가끔은 평범한 옷을 입은 일반인들도 지나갔다. 이 세상의 모든 사람이 산으로부터 탈출하려는 것처럼 보였다.

어느 날 한밤중에 물살이 거센 시내에 길이 막혔다. 일단은 시내를 따라 걸었다. 마침내 뾰족하고 위험한 바위들이 없는,

건널만한 얕은 부분을 발견했다. 땅에서 긴 가지를 하나 주워 물속에 찔러 넣어 깊이를 가늠했다. 둑 가까이는 몇 센티미터에 불과했지만 조금만 들어가면 급격히 깊어졌다.

“어떻게 건너지? 옷이 젖으면 얼게 될 거야.”

마르티나에게 말했다.

“소중한 부츠를 적시지 마. 맨발로 들어가자.”

마르티나의 말이 옳았다. 나는 부츠와 양말을 벗어서 배낭에 넣고 바지를 걷어 올렸다. 마르티나도 다 떨어진 포스톨리를 벗었다. 물살이 거셌기 때문에 넘어지지 않으려고 마르티나와 손을 잡았다. 왠지 모를 용기가 났다. 그리고 우리는 함께 얼음장 같은 물속으로 들어갔다.

뼛속 깊이 느껴지는 한기에 머리가 오싹했다. 조심조심 발을 옮기는데 중간쯤 푹 꺼진 바닥이 있었다. 나는 물속으로 곤두박질쳤다. 배낭의 무게 때문에 금방 일어날 수가 없었다. 공포심에 사로잡혀 팔다리를 마구 휘젓다가 가까스로 바닥을 밟을 수 있었다. 똑바로 서려 했지만 물살이 너무 거셌고 배낭 때문에 다시 아래로 가라앉았다.

이렇게 죽는구나 하는데 갑자기 나를 잡아끌던 무게가 사라졌다.

“내가 배낭을 잡았어.”

마르티나가 소리쳤다. 그녀는 물살과 싸우며 내 배낭을 잡아주었다. 나는 허우적거린 끝에 겨우 마르티나를 붙잡고 바닥을 디뎠다. 우리는 힘을 합쳐 배낭을 울퉁불퉁한 돌 위로 올렸다.

조금씩 조금씩 발을 앞으로 내딛으며 반대쪽으로 겨우 나아갔다. 나와 마르티나는 몇 차례 넘어졌지만 결국 마르티나를 먼저 기슭으로 밀어내고 나도 가까스로 빠져나왔다.

흠뻑 젖은 신발을 꺼내 신었다. 마르티나가 내 팔을 잡았다. 완전히 기진맥진한 우리는 겨우 몸을 움직였다. 어쨌든 강을 건너 다행이었다. 비틀거리며 숲으로 가는데 굳은 목소리가 들렸다.

"멈춰!"

16장

베라 선생님과 아브라함 선생님

처음 보는 군복을 입은 군인이 군복 상의를 벗더니 마르티나를 둘둘 말았다. 나는 너무 놀라서 아무 생각도 나지 않았다. 두 번째 군인은 푸른 눈에 짧은 금발 머리가 전형적인 나치처럼 보였는데 코트를 벗어 나를 둘둘 말았다.

어떤 나치가 나 같은 도망자에게 이렇게 한단 말인가. 코트가 품고 있던 온기가 뜨겁게 느껴졌다.

"미안하다."

나치 같은 군인이 주머니에서 천을 꺼내 내 눈을 가렸다. 그리고 튼튼한 팔로 내 겨드랑이와 무릎을 감싸더니 번쩍 들어 올렸다. 그는 날 둘러메고 숲으로 성큼성큼 걸었다.

나는 그대로 기절했다.

***

반쯤 정신이 들었다. 주위를 살펴보니 좁은 침대에 누워 있었다. 어딘가에서 물이 똑똑 새는 소리가 났다. 탁하고 습한 공기가 느껴졌고 머리가 아팠다. 어두컴컴한 방에는 흰 칠을 한 나무 선반이 벽에 있었고 병원 침대 몇 개가 놓여 있었다. 천장에는 나뭇가지가 얼기설기 얽혀 있었는데, 여기저기 틈이 갈라져 가는 빛이 새어들었다. 그 빛이 어둑한 방을 그나마 어슴푸레하게 밝혔다.

맞은편에 마르티나가 누워 있었다. 뺨에 꿰맨 자국이 선명했고, 거친 담요 아래로 비죽 튀어나온 발은 거즈가 둘둘 감겨 있었다.

"마르티나, 일어나."

지끈거리는 머리로 겨우 일어나서 속삭였다. 마르티나의 눈꺼풀이 파르르 떨렸지만 눈을 뜨지는 못했다.

아래쪽 한 침대에는 십 대로 보이는 독일군이 한 팔을 가슴에 둔 채 잠들어 있었다. 진흙투성이 군복에 비해 얼굴은 깨끗했다. 목에 거즈가 길게 붙어 있었는데, 거즈에 피가 배어 나와 마치 붉은 띠를 두른 듯했다.

이곳은 대체 어디일까. 부상을 당한 독일인들이 휴식을 취하는 곳임이 분명했다. 우리가 강제 수용소에서 도망쳤다는 것이 알려지면 어떻게 될까.

그때 피곤해 보이는 여자가 문을 열고 들어왔다. 소련 군복과 독일 군복이 섞인 듯한 옷을 입고, 농부들이 신는 평범한 신발 차림이었다. 여자는 독일군이 누워 있는 침대에 무릎을 꿇고 앉아 거즈를 살펴봤다. 무언가를 중얼거리는데 우크라이나어였다.

모든 것이 혼란스러웠다. 그중에 한 가지 확실하고 중요한 것은, 이곳을 빠져나가기 위해서는 여자가 어느 편에 속해 있는지를 알아야 한다는 것이었다. 그래야 같은 편인 척할 수 있기 때문이다. 조심스레 여자를 살폈다. 군복만으로는 소련군인지 나치인지 구분하기가 어려웠다. 더구나 신발은 군화가 아니다. 거기에 우크라이나어를 사용한다. 정말 정체가 뭐지. 너무 헷갈렸다. 그때 독일군이 신음하듯 희미한 소리를 냈다. 여자가 거즈를 만지작거렸다. 그래, 독일군을 치료하고 있다. 소련 군복과 비슷하게 변장을 하고, 우크라이나어까지 사용하면서 자신의 신분을 숨기고 있지만, 여자는 독일군일 것이다. 하지만 아무래도 확신할 수가 없었다.

여자는 잠시 방을 나갔다가 의료용 도구가 놓인 선반을 들고 다시 돌아왔다. 그리고 독일군 목에 있는 낡은 거즈를 제거했다. 긴 봉합 부위 중간에서 피가 배어 나오고 있었다. 여자는 소독약으로 재빨리 피를 닦아내고 새 붕대를 감아줬다. 그리고 거즈를 치운 뒤에 일어났다. 나는 얼른 눈을 감았다.

여자가 내 침대로 걸어오는 발소리가 들렸다. 어떡하지. 심장이 쿵쾅거렸다. 그때 여자가 내뱉는 숨결이 내 얼굴에 닿았다. 마치 햇살처럼 부드럽고 따뜻했다. 나도 모르게 눈을 뜨고 말았다. 여자는 나와 눈을 맞추더니 우크라이나어로 말을 건넸다.

"네 상처도 소독을 해야겠구나."

나는 얼른 손으로 이마를 더듬었다. 왼쪽 관자놀이 근처에 두꺼운 거즈가 붙어있었다.

"이런 말을 해서 미안하지만, 거즈를 제대로 붙이기 위해서는 너의 멋진 머리를 좀 밀어내야 했단다."

"누구세요?"

"베라라고 불러. 적십자에서 일하는 의사야."

"적십자… 요? 이곳은 어디예요?"

"지하 병원이지."

나는 고개를 들어 천장에 난 틈새를 다시 살펴봤다. 그리고 방 안이 어두운 이유를 알게 됐다. 천장을 덮은 것은 그냥 나뭇가지가 아니었다. 굵기가 내 손가락만큼 가늘었다. 갑자기 숨이 턱 막혔다. 베라 선생님이 내 팔을 잡았다.

"진정해. 처음에는 누구나 갇힌 듯한 느낌을 받아."

나는 도로 침대에 누워서 천장으로 들이치는 빛을 가만히 쳐다봤다. 천천히 숨을 쉬면서 내가 지하에 있다는 것을 생각하지 않으려고 애를 썼다.

"살아있는 것이 다행이야. 스테판과 다닐로가 전선에서 백 미터쯤 떨어진 곳에서 너희를 찾아냈어. 너희가 개울을 건너지 않았다면 아마도 살아있지 못했을 거야."

그때 방 밖에서 문을 두드리는 소리가 났다. 베라 선생님의 눈이 커졌다. 베라 선생님은 총을 들고 문 쪽으로 다가갔다. 나도 일어나 앉았다. 그제야 내가 헐렁한 면바지와 셔츠만 입고 있다는 사실을 깨달았다. 모두 내 옷이 아니었다. 머리가 깨질 듯이 아팠지만 무슨 일이 있는지 알아야 했다. 나는 문 쪽으로 기어가서 머리를 내밀고 밖을 살펴봤다. 길고 어두운 복도에 문이 여럿 있었다. 멀리서 지하수가 흘러 구석에 있는 구멍으로 빠져나가면서 물방울이 떨어지는 소리를 냈다. 지하수를 얻을 수 있는 이곳에 은신처를 마련한 것은 아주 잘한 일이라고 생각을 했다.

복도 끝에는 통나무로 만든 가파른 계단이 밖으로 나가는 통로와 연결되어 있었다. 손바닥만한 빛과 함께 겨울의 찬 공기가 통로를 통해 지하로 들어왔다.

한참 밖을 살피는데 포스톨리가 통로에서 빼꼼 나왔다. 베라 선생님이 천천히 뒷걸음질로 내려오는데, 손에 든 들것의 균형을 잡느라 발이 살살 떨렸다. 들것의 반대쪽 끝은 마르티나를 구해줬던 눈매가 선해 보이는 군인이 잡고 있었다. 들것 위에는 나를 구해줬던 금발의 군인이 누워 있었다. 그는 아무 표정이 없었다.

이들이 부상당한 군인을 네 번째 침대에 눕힐 것 같아서 나는 재빨리 침대로 돌아와 누웠다. 하지만 아무도 방에 오지 않았다. 무슨 일이 일어나는지 궁금하여 밖에서 나는 소리에 귀를 기울였다.

오 분이 지났다. 아무 일도 일어나지 않았다. 나는 다시 밖으로 나갔다. 복도에는 아무도 없었다. 계단에 살짝 비치던 햇빛도 사라졌고 찬 공기도 들어오지 않았다. 나는 발꿈치를 들고 계단 위를 살펴봤다. 문은 굳게 닫힌 채 빗장이 채워져 있었다.

방으로 돌아가려는데 복도에 있는 문틈으로 불빛이 새어 나오는 것을 알아차렸다. 살금살금 다가가서 불 켜진 방을 살짝 들여다봤다. 수술방이었다. 천장에 매달린 등유 램프에서 흘러나온 노란 불빛이 방 안을 가득 채우고 있었다. 피로로 눈 밑이 어두워진 남자 의사가 방금 실려 온 군인의 바지를 가위로 자르고 있었다.

“다닐로를 돌려보내고 바로 도울게요.”

베라 선생님이 문 밖으로 황급히 나오며 말했다.

나는 의사와 눈이 마주쳤다.

“너, 거기서 넋 놓고 쳐다만 보지 말고 와서 좀 도와줘.”

우크라이나어였다. 의사는 턱으로 수술 도구가 놓인 선반을 가리키며 말했다.

“가위 좀 가져와. 스테판이 출혈 과다로 죽기 전에 바지를 잘라야 해.”

나는 잠깐 머뭇거리다가 수술방으로 들어갔다. 그리고 재봉 가위를 집어 들고 잠시 멍하게 있었다. 전쟁 전 편안한 의자에 앉아 아버지의 와이셔츠에서 해진 소맷단을 가위로 싹둑싹둑 잘라내던 엄마의 모습이 생각났다.

“뭐 하고 서 있는 거야. 어서 도와주렴.”

의사가 이디시어(중부 및 동유럽 출신 유대인이 사용하는 언어)로 무언가를 중얼거렸다. 이제 정말로 혼란스러워지기 시작했다. 이 사람들은 누구이며 어느 편에서 일하는 것일까.

나는 재빨리 부상당한 군인에게 다가가 내가 무엇을 할 수 있을지 살펴봤다. 의사가 군인의 바지를 무릎 아래까지 잘라 놓았지만 나머지는 자르기가 어려워보였다. 나는 우선 군인의 벨트를 풀었다. 그리고 가윗날을 바지 허리춤에 집어넣고 자르기 시작했다. 주머니 주위에 붙은 금속 징을 제거하고 나서야 맨다리가 드러났다. 피를 많이 흘려서 부상당한 곳이 어디인지 찾기 어려웠다. 베라 선생님이 물을 가지고 돌아왔다. 다리에 물을 붓고 피를 제거하자 허벅지에 검고 깊은 구멍이 보였다.

"네가 기절하지 않아서 다행이군. 베라, 아이에게 물을 줘요. 당신이 나를 도울 동안 아이가 물을 부어주면 좋겠군요."

베라 선생님이 금속 도구로 상처 부위를 열었을 때, 만일 내 배 속에 음식이 있었다면 몽땅 토했을지도 모른다. 의사는 총알을 찾기 위해 포셉(의료용 가위)으로 상처가 난 부위를 꼼꼼하게 검사했다. 군인이 의식을 잃은 것이 정말 다행이었다. 나는 두 의사가 상처 부위를 잘 살펴볼 수 있도록 물을 조금 부었다. 머리가 여전히 욱신거렸고 기절할 것 같은 느낌이었지만 천천히 호흡하면서 해야 할 일에 집중했다.

"찾았다! 독일군 총알이로군."

남자 의사가 피 묻은 총알을 높이 들었다. 베라 선생님이 웃음을 지으며 바늘과 실을 가져왔다.

"나머지는 제가 할게요."

베라 선생님은 알코올이 묻은 솜으로 상처 부위를 소독했다.

“자 이제 상처를 말리자.”

의사는 나에게 거즈를 건넸다. 나는 주위에 쏟아진 피를 닦아냈고 베라 선생님은 상처를 한 땀 한 땀 꿰맸다. 능숙하면서도 꼼꼼한 손놀림이었다. 문득 바늘과 실을 가지고 골똘히 몰두하느라 눈썹을 찌푸리던 리다의 모습이 떠올랐다. 손이 야무진 탓에 강제 수용소에서 가장 안전한 업무를 배정받았던 리다. 지금 리다는 무사할까? 그러기를 바랄 뿐이다.

상처가 완전히 봉합되자 의사가 거즈를 붙였다.

“다행히 총알이 뼈에 닿지 않았어요. 운이 좋았군요.”

의사는 깨끗한 손수건으로 눈썹에 맺힌 땀을 닦아냈다. 그리고 나에게 다가와서 손을 내밀었다.

“내 이름은 아브라함이야. 우크라이나 적십자에서 일하고 있지.”

우크라이나 적십자라니. 우크라이나의 적십자는 소련 적십자나 독일 적십자에 속하지 않고 독립적으로 운영되고 있다. 두 나라의 지배를 받을 때 키예프의 적십자 지부가 활발한 활동을 펼쳐서 이를 잘 알고 있었다. 이들이라면 나와 마르티나가 강제 수용소에서 탈출한 도망자 신분이라고 해도 상관하지 않을 것이다.

"내가 뭐라고 부르면 좋을까?"

아브라함 선생님이 내 마음을 읽기라도 한 듯 물었다. 나는 그의 손을 꽉 잡았다. 그래도 혹시 모르니, 이름을 지어내야 할까. 진짜 이름을 말해도 좋을까. 잠시 고민하다가 루카라고 대답했다.

"너는 국경 지방의 산에서 살아남았구나. 산 쪽으로 온 것 맞지? 운이 좋았구나."

아브라함 선생님이 말했다.

"아마 살아남는 법을 알고 있었는지도 모르죠. 배낭을 열어보니 숲에서 어떻게 살아왔는지 보여주는 물건들이 있더군요. 말린 느타리버섯과 야생의 음식들 말이에요."

처음에는 베라 선생님이 허락 없이 배낭을 뒤진 것에 화가 났지만, 사실 화를 낼 일은 아니었다. 마르티나와 나는 이곳에서 낯선 사람이고 베라 선생님은 목숨을 던져 우리의 생명을 구해줬으니 말이다. 위험을 최소한으로 하는 것이 당연했다. 다른 사람의 물건을 뒤져서라도 말이다.

"네 친구는 체코 사람이니?"

베라 선생님이 물었다.

"네. 어떻게 아셨어요?"

"자면서 잠꼬대를 하더구나. 말투를 듣고 체코 사람이라고 확신했지."

"나치가 그 애의 마을을 불태워버렸대요. 마을 사람들 대부분이 죽었고 그 애만 가까스로 도망쳤어요."

베라 선생님은 꽤 오랜 시간 동안 앉아서 아무 말도 하지 않았다. 그리고 손등으로 얼굴에 흘러내리는 눈물을 닦아냈다.

"그렇다면 네 친구는 아주 운이 좋은 아이구나. 나치가 이곳 우크라이나와 폴란드 마을도 불태워버렸단다. 그리고 어린아이들을 강제 수용소로 데려가 일을 시켰어. 네 친구가 살아 있는 것은 기적 같은 일이야."

"그리고 네가 이곳에 있어서 다행이구나. 도와줘서 고맙다."

아브라함 선생님이 말했다.

"저의 아버지는 키예프에서 약사셨어요."

"그렇다면 아버지가 잘 가르쳐주셨겠구나."

두 사람은 군인을 이동 침대에 실어 마르티나와 독일군이 쉬고 있는 방으로 데려갔다. 나는 수술방에 남아 물건을 정리했다.

"이쪽으로 오렴. 수프를 데우고 있단다."

잠시 후 베라 선생님이 문을 열고 말했다. 나는 두 사람을 따라 어두운 복도를 걸어 다른 방으로 들어갔다. 베라 선생님이 그릇 세 개에 각각 고기 수프를 담아서 한 개를 나에게 내밀었다.

"콩과 감자 수프보다는 나을 게다."

아브라함 선생님이 수프를 한 숟갈 떠서 후후 불며 말했다.

"이곳에서 나가면 어떻게 할 계획이니?"

베라 선생님이 물었다.

"저는 키예프로 가야 해요. 그곳에서 왔거든요."

"지금은 키예프로 갈 수 없어, 루카."

아브라함 선생님이 안타깝다는 듯 말했다.

나는 화가 나서 아무 말도 하지 않고 수프만 한 숟가락 삼켰다. 그가 틀렸다고 소리 지르고 싶었다.

"제 계획은 전쟁이 끝날 때까지 산에 숨어 있는 거였어요. 전쟁이 이곳까지 오게 될 줄 몰랐죠."

베라 선생님이 음식을 씹은 뒤 말했다.

"그러면 소련이 이기기를 바라니?"

비키브니아 숲에서 거대한 시쳇더미에 있던 할아버지의 모습이 떠올랐다. 시베리아 강제 수용소로 보내진 아버지도. 두 사람은 소련의 희생양이었다. 하지만 다비드와 그의 어머니는 나치에 의해 바비 야르에서 학살당했다. 나와 리다, 엄마는 모두 나치에게 붙들려 오스타베이터 강제 수용소로 끌려갔다. 누가 이기든 우리는 진다. 나는 숟가락을 테이블 위에 탁 소리가 나도록 내려놨다. 어떻게 그 질문에 대답을 할 수 있단 말인가.

복도에서 발소리가 났다. 아브라함 선생님이 문으로 갔다가 독일군을 데리고 돌아왔다.

"누가 일어났는지 보세요."

군인은 주변 상황에 놀란 듯했다.

"여기는 어디인가요?"

"당신 상관에게 가서 우크라이나 반군 덕분에 생명을 구했다고 말해도 좋아요. 무기는 우리가 가져갈게요. 하지만 당신은 가도 좋아요."

베라 선생님이 군인에게 독일어로 말하고는 주머니를 뒤져 독일어로 쓰인 팸플릿을 꺼냈다.

"동료 군인들에게 보여주세요. 거기에 우리가 어떤 일을 하는지 쓰여 있어요. 그리고 미안하지만 여기서 나갈 때에는 당신의 눈을 가리고 손을 묶어야 해요."

베라 선생님은 주머니에서 천과 밧줄을 꺼냈다. 군인의 눈썹이 치켜 올라갔다. 나도 마찬가지로 놀랐다.

베라 선생님은 서서 밧줄을 들어 보였다. 군인은 팸플릿을 주머니에 넣고 순순히 손을 내밀었다. 손을 묶는 동안 저항하지 않았다. 천으로 머리를 둘러 눈을 가리고 뒤에서 묶었다. 베라 선생님은 군인의 어깨에 손을 올리고 계단으로 인도했다. 그동안 아브라함 선생님은 두꺼운 코트를 걸치고 방한용 부츠를 신었다.

두 사람이 독일군을 밖으로 데려간 뒤, 베라 선생님 혼자 돌아왔다. 나는 계단 아래에서 베라 선생님과 함께 아브라함 선생님이 돌아오기를 기다렸다.

나는 이 일에 대해 묻고 싶었다. 왜 나치 군인을 데리고 와서 치료해주고 다시 돌려보냈는지. 하지만 베라 선생님이 무언가를 골똘히 생각하고 있었기 때문에 묻지 않았다.

한참 후에 위에서 발소리가 들렸다. 베라 선생님은 권총을 꺼내 들고 계단을 올라갔다. 잠시 후 두 사람이 함께 내려왔다. 아브라함 선생님의 얼굴은 추위로 빨개져 있었다. 선생님은 부츠와 코트를 벗은 뒤 말했다.

“이제 수프를 마저 먹읍시다. 다음 환자가 언제 들이닥칠지 누가 아나요?”

수프는 식었지만 배를 든든하게 채워주었다.

“군인을 그렇게 멀리 보내지는 못했죠? 다른 군인들이 따라올 수도 있는데요?”

내가 물었다.

"이곳이 들킬까 봐 걱정하지는 않아도 돼. 우리는 릴레이 시스템으로 일한단다. 나는 군인을 첫 번째 구역에 데려다줬을 뿐이야. 적십자에 속한 군인들조차 이곳이 어디인지 정확하게는 몰라."

베라 선생님이 나를 바라봤다.

"루카, 군인이 깨어나기 전에 키예프로 돌아가고 싶다고 말했지? 그곳에 아직 가족이 있니?"

"어머니와 저는 독일 오스타베이터 캠프에 있었어요. 그전에는 소련 군인들이 할아버지를 총살했고요. 그리고 아버지는 시베리아로 끌려가셨어요. 아직 살아계실지 몰라요. 아버지가 살아계시다면 저와 엄마를 찾으러 키예프로 돌아오실 거예요. 그곳에 가지 못하면 다시는 가족을 만날 수 없어요."

"며칠 전에 키예프에서 독일이 철수했단다. 하지만 소식에 의하면 전쟁이 더 심해지고 있다는구나. 네가 가면 죽게 될 거야."

"저는 위험에서 도망치는 겁쟁이가 아니에요. 여기까지 붙잡히지 않고 살아왔어요. 키예프로도 잘 들어갈 수 있어요."

내 말에 베라 선생님은 별다른 대답을 하지 않았다. 대신 수프를 떠서 한입 가득 넣고 천천히 씹으며 생각에 잠겼다. 아브라함 선생님과 눈빛을 살짝 교환하더니 나에게 말했다.

"네가 죽으러 가는 것을 말릴 수는 없다. 하지만 언젠가 아버지를 만나기 위해서는 지금 키예프로 가서는 안 돼."

"루카, 네 아버지는 키예프에 계시지 않아. 스탈린이 시베리아 수감자들을 전쟁이 일어나는 가운데 풀어주고 고향으로 돌려보낼 거라고 생각하니? 얘야, 감정적으로 생각하지 말고 이성적으로 생각하렴."

그 말에 나는 주먹을 꼭 쥐었다. 지금 나에게 바보 같은 판단을 한다고 이야기하는 것인가. 나는 숨을 깊게 들이마시고 천천히 내쉬며 마음을 가라앉혔다. 정신을 똑바로 차려야 했다. 마음으로 생각할 때 아버지는 살아계신다. 머리로 생각해도 그렇다. 아버지를 만나야 한다. 다시 가족이 되어야 한다. 이렇게 오랫동안 떨어져 지냈는데…. 우린 가족인데….

갑자기 깊은 슬픔이 밀려왔다. 인정하기 싫지만 베라와 아브라함 선생님이 말한 것은 현실적으로 타당했다. 지금까지 나는 전쟁이 끝나 키예프로 돌아가기만을 바랐다. 아버지를 찾는 것만 생각했다. 하지만 내 앞에 놓인 현실을 부정할 수는 없었다. 이렇게 광범위한 전쟁의 현장에서 벗어나는 것은 불가능하다는 사실을 인정해야 했다. 아버지를 만나는 것을 잠시 미뤄야 할 것 같았다.

나는 어찌할 바를 몰랐다. 아버지를 만나는 일이 요원하다 생각됐다. 손으로 머리를 감싸쥐었다. 현실을 받아들이기가 힘들었다.

"그럼 제가 어떻게 해야 하나요? 저는 아버지를 포기하지 않을 거예요."

이 말은 두 사람보다는 나 스스로에게 다짐하는 말이었다.

"루카, 아무도 너에게 포기하라고 하지 않았다. 때가 될 때까지 기다리라는 것 뿐이야."

베라 선생님이 다정하게 대답했다.

나는 완전히 실패한 것처럼 느껴졌다. 내가 사랑하는 사람을 도울 능력이 전혀 없다니. 다비드가 죽는 것을 막지 못했고, 리다가 탈출하라고 했다 해도 강제 수용소에서 리다를 두고 혼자 도망쳤다. 그곳에 머무르며 리다를 보호해줘야 했는데. 엄마도 구하지 못했다. 이제는 아버지를 만나러 가지 못한다.

나는 고개를 들고 베라 선생님을 쳐다봤다. 피곤해 보이는 눈과 입가에는 걱정이 서려 있었다. 베라 선생님은 지금 가족을 찾는 것이 아니다. 조국의 독립을 위해 싸우며 더 큰 가족을 돕고 있는 것이다.

그리고 아브라함 선생님을 쳐다봤다. 그 또한 세상의 무게로 인해 무너질 듯 위태로워 보였다. 하지만 이 두 사람은 계속 싸우고 있다. 자유를 위해, 소련과 나치에 의해 죽은 모든 사람을 위해.

나는 지금 아버지를 찾으러 갈 수 없고, 리다와 엄마를 도울 수 없다. 하지만 나는 자유를 위해 싸울 수 있다. 그것이 아버지가 원하는 것이리라.

"반군에 지원하겠습니다."

아브라함과 베라 선생님은 아무 말도 하지 않았다. 하지만 서로 눈빛을 교환했다. 아브라함 선생님이 살짝 고개를 끄덕이자 베라 선생님이 말했다.

"이제 가서 좀 쉬렴."

17장

눈가리개

회복실로 돌아오자 마르티나가 눈을 떴다. 하지만 아직 몸을 제대로 가누지 못하는 듯 꼼짝 않고 누워 있었다. 나는 마르티나에게 다가가 침대 끝에 걸터앉았다.

“루카, 네가 무사해서 다행이야.”

마르티나가 내 머리에 감긴 붕대를 보더니 말했다.

“난 그래도 상태가 괜찮아. 머리 쪽으로 살짝 베인 게 다니까. 하지만 너는 발가락에 동상이 걸리고 얼굴도 찢어져서 꿰맸어.”

마르티나가 손을 들어 얼굴을 더듬었다.

“언제 이렇게 된 거지? 기억이 없어.”

고개를 숙여 발에 두른 붕대를 보더니 발가락을 꼼지락거렸다.

“발가락이 화끈거리고 얼얼해. 그래도 다행히 양쪽 발 모두 느낌이 나."

듣던 중 반가운 소리였다. 지난주 내내 동상에 걸리지 않으려고 온갖 노력을 다 했지만 마르티나의 포스톨리로는 역부족이었다.

마르티나가 끙 소리와 함께 윗몸을 일으켰다. 나는 얼른 등을 받쳐주었다. 마르티나는 주위를 둘러보더니 자고 있는 스테판에게 눈길을 멈췄다.

"저 사람, 어디서 본 것 같아."

"너에게 코트를 벗어주고 이곳으로 데려다 준 군인이야. 나머지 한 명이 나를 구해줬고."

"그런데 이곳은 땅속이야?"

마르티나가 기다란 나무 벽과 천장 틈으로 새어 들어오는 빛을 보고 물었다.

"맞아. 이 병원은 지하에 숨겨져 있어."

그때 베라 선생님이 방으로 들어와서 마르티나를 살펴봤다. 한 손에는 수프 그릇을, 다른 손에는 독일 군인에게 줬던 팸플릿과 비슷한 것을 들고 있었다. 우크라이나어로 쓰인 팸플릿이었다.

"깨어났구나. 나는 베라라고 해. 우크라이나 적십자에서 일하는 의사야. 네 이름은 뭐니?"

"안녕하세요. 저는 마르티나예요."

"만나서 반가워. 배가 고플 것 같은데?"

베라 선생님은 마르티나에게 숟가락과 그릇을 주고 나에게는 종이를 줬다.

"너희 둘 모두에게 읽을거리를 가져왔어. 우리 적십자에 대한 내용이야."

마르티나가 수프를 먹는 동안 나는 이곳에 와서 치료를 받고 풀려난 독일 군인에 대해 이야기해주었다. 그리고 이곳에는 베라와 아브라함이라는 의사가 있고, 이들이 속한 적십자에 대해 내가 아는 것을 말해줬다. 그리고 팸플릿을 조용히 읽기 시작했다.

"뭐라고 써 있어?"

"잠깐 시간을 줘봐. 다 읽은 후에 이야기해 줄게."

마르티나는 고개를 끄덕이고 다시 수프를 먹었다.

앞장에 '우크라이나 반군은 무엇을 위해 싸우는가'라는 제목과 함께 인쇄 날짜가 1943년 8월이라고 찍혀 있었다. 나는 첫 번째 페이지를 다 읽고 마르티나에게 내용을 말해주었다.

"우크라이나 반군 UPA는 나치와 소련에 대항해 싸운다."

"하지만 무엇을 위해 싸우는데?"

나는 페이지를 넘겼다.

"모든 시민이 나이, 성별, 종교, 국적과 상관없이 평등해야 한다고 써 있어."

"그래서 UPA에서 이 병원을 운영하는 거야?"

내가 베라 선생님을 쳐다보자 선생님이 고개를 끄덕였다.

"그러면 저도 함께하고 싶어요. 저희 아버지는 체코 레지스탕스로 활동하다가 돌아가셨어요. 비슷한 일을 하셨어요."

"우리 아버지도 이런 신념 때문에 시베리아로 끌려가셨어요."

베라 선생님이 빈 침대 위에 걸터앉았다.

"우리는 나치와 소련으로부터 공격을 받은 마을 아이들을 보호해. 또 많은 아이가 우리를 도와주기도 하지. 하지만 군대는 아니야. 마을에서 너와 루카도 훈련을 받을 수 있을 거야."

"숨어다니는 것보다는 나아요."

마르티나가 얼른 대답했다.

"스탈린과 히틀러에 맞서고자 하는 의지만 있다면…. 좋아, 우리를 도와주렴. 그리고 너희가 오랫동안 숲에서 살아왔기 때문에 이미 많은 것을 알고 있을 거라는 생각이 드는구나."

***

우리는 마르티나의 발이 충분히 나을 때까지 지하 병원에 머물렀다. 게으르게 지내는 데 익숙하지 않았던 마르티나는 수프나 허브차를 만들거나 주방을 정리하는 등 소일거리를 하며 돌아다녔다. 나는 부상당한 사람들의 치료를 도왔다.

한번은 팔이 부러진 부상자를 처치한 뒤 부엌에 갔다가 마르티나를 만났다. 토끼 스튜를 젓느라 정신이 없는 모습을 보자 리다가 생각났다. 고된 노동으로 어깨가 굽어진 채 묽은 무 수프를 앞에 두고 앉아 있던 리다. 강제 수용소에서 살아남았을까. 죽을 각오로 리다를 데려와야 했던 것은 아닐까. 리다는 지혜와 용기를 가진 아이다. 행운이 리다의 편에 있기만을 간절히 바랄 뿐이다.

마르티나가 나를 보더니 미소를 지었다. 리다의 환영이 흩어졌다.

"유령이라도 본 듯한 얼굴이네."

속으로 부디 그 말이 사실이 아니기를 기도했다.

***

몇 주 동안 병원에 부상당한 군인들이 끊임없이 들어왔다. 소련군이든 베어마흐트 독일군이든 모두 눈을 가린 채 들어왔다. UPA 소속 군인들조차 눈을 가렸다.

"왜 우리 편 군인들도 눈을 가리나요? 같은 편이잖아요."

손을 크게 다친 소련군이 들어온 날, 아브라함 선생님이 수술하는 것을 도운 뒤 수술실을 청소하며 물었다. 수술대 위에 흥건한 피를 닦아내고 수술 도구도 소독했다.

"만일 UPA 군인들이 붙잡힌다면, 고문을 당하고 병원 위치를 말하게 될 수도 있겠지. 그들이 이곳의 위치를 알지 못하는 편이 더 안전해."

"그런 일이 있었나요?"

아브라함 선생님이 천장을 가리켰다.

"저기 틈새가 보이니? 나치와 소련군이 지하 병원 안으로 독가스를 살포할 수도 있고, 문 틈으로 수류탄을 던질 수도 있어. 그래서 우리의 위치가 비밀로 지켜지는 것이 중요하단다."

그때 베라 선생님이 커다란 꾸러미를 들고 문에 나타났다.

"마르티나에게 줄 선물이 있어. 열어보렴."

마르티나가 끈을 풀고 안을 들여다봤다. 단단한 가죽 부츠, 두꺼운 울 양말, 장갑, 모자가 모두 새것으로 들어있었다. 선물을 싼 천을 펼치자 양털로 안감을 댄 겨울 코트가 되었다. 마르티나가 기쁨에 겨워 물건을 하나씩 살펴볼 때마다 신발도 양말도 겨울 코트도 없는 리다가 생각났다. 마르티나에게 꼭 필요한 물건들이 생긴 것은 기뻤지만 마음 한 편에서는 리다에게도 따듯하고 좋은 물건들을 가져다주고 싶은 마음이

들었다.

“감사합니다.”

마르티나가 웃었다.

“너에게 꼭 필요한 것들이야. 어두워지면 루카와 함께 떠나렴.”

베라 선생님이 말했다.

18장

산속으로

내가 지하 병원에서 마지막으로 본 장면은 아브라함 선생님이 마르티나의 눈 위로 두건을 두르는 모습이었다. 곧 내 눈 위에도 천이 둘러졌다.

"손도 묶으실 거예요?"

내가 물었다.

"그럴 필요까진 없어."

베라 선생님이 좁은 계단을 먼저 올라갔다. 그 뒤를 마르티나가 베라 선생님의 팔을 잡고 따랐다. 나는 마르티나의 옷자락을 잡았다. 누군가 발을 잘못 딛는다면 모두 계단 아래로 굴러떨어질 수도 있었다.

다 올라가서 잠깐 멈췄다. 금속이 긁히는 소리가 났다. 베라 선생님이 빗장을 푸는 것 같았다. 우리는 몇 발자국 더 위로 올라갔다.

"잠깐 멈춰. 발이 어디를 디뎌야 하는지 알려줄게. 먼저 마르티나."

나는 마르티나의 옷자락에서 손을 떼고 발소리에 귀를 기울였다.

"이제 루카 차례."

베라 선생님은 내 한쪽 다리를 붙잡고 마지막 계단을 딛지 않고 바로 땅에 발을 딛도록 안내해줬다. 내가 땅 위에 완전히 서자 선생님이 내 다리를 놔주었다.

"좋아, 꼭대기 계단은 폭발물이 설치된 부비트랩이야. 혹시 모를 침입자를 막기 위해 입구 주변에 설치해 두었지."

"여기서부터는 제가 데려가겠습니다."

어딘지 모르게 친숙한 목소리가 대답했다. 다닐로일까?

"이제 눈을 가린 천을 풀어도 되나요?"

마르티나가 물었다.

"아직은 안 돼. 하지만 곧 풀게 될 거야. 한 십오 분쯤 후에. 발자국을 여러 개 만들지 않기 위해서 한 줄로 갈 거야. 마르티나, 내 벨트를 붙잡아. 루카는 마르티나의 벨트를 잡고."

기차놀이 하듯 서로를 붙잡은 채 바닥에 바위나 큰 나뭇가지가 있을까 봐 조심하며 더듬더듬 나아갔다. 그러다 얼음이 있는 곳과 눈이 질척이는 곳에서 이따금씩 미끄러졌다. 낙엽이 쌓인 곳에서도 미끄러졌다. 나는 긴장으로 팔과 목이 뻣뻣해졌다.

갑자기 얼굴에 찬 바람이 불었다. 눈을 깜빡였다. 얼굴에서 천이 풀렸다. 하지만 칠흑같이 어두워서 앞이 잘 보이지 않았다.

"이쪽이야. 동이 트기 전에 십 킬로미터는 가야 해."

걸어가면서 차츰 어둠에 적응했고 걸음도 익숙해졌다. 마르티나와 함께 이동을 할 때 하룻밤에 이십 킬로미터를 간 적이 있다. 하지만 지금처럼 위험하고 가파른 곳은 아니었다. 우리는 산 위로 올라갔다. 게다가 다닐로는 적에게 동선이 노출되지 않도록 구불구불 돌아서 갔다. 열 배는 더 길게 느껴졌다.

"눈 위의 발자국은 지우기가 쉽지 않아. 그래서 되도록 경로를 헷갈리게 가는 수밖에 없어."

다닐로가 거친 숨을 몰아쉬며 말했다.

나는 마르티나의 체력에 놀랐다. 마르티나는 새 부츠를 신고도 속도를 잘 맞췄다. 나는 숨이 차서 조금 어지러웠지만 다른 사람들을 기다리게 하고 싶지 않았다. 이들 뒤를 따라 한 걸음 한 걸음 계속 나아갔다.

해가 떠오르자 시커멓게 보이던 나무들이 서서히 모습을

드러냈다. 초가지붕의 농가 옆을 지나가는데 나이 든 여인이 양가죽 조끼 안에 수가 놓인 블라우스와 긴 치마를 입고 문가로 나왔다. 굳은 얼굴로 라이플총을 들고 있다가 다닐로를 보더니 표정이 누그러졌다.

"울랴나 아주머니, 안녕하세요. 요즘 무슨 문제 없나요?"

여자는 고개를 저었다.

"안으로 들어오게. 할 이야기가 있어."

초가집 안은 따스했고 빵 굽는 냄새가 났다. 거실이 작아서 가운데 놓인 테이블의 존재가 유난히 두드러졌다. 테이블 위에는 접시, 컵, 물병이 놓여 있었고 그 옆에는 지도와 펜, 종이 등이 있었다. 거실을 꽉 채운 테이블 때문인지 보통의 농가라기보다, 무언가 의논을 하기 위한 장소로 보였다. 그때 허리춤에 총을 찬 소녀가 김이 모락모락 나는 빵 한 조각을 가지고 와 테이블 위에 놓았다.

"다닐로, 아이들과 함께 들어와. 여기 앉으렴. 시간을 잘 맞춰 왔구나. 오리시아가 방금 만든 빵을 먹을 수 있겠어."

울랴나 아주머니가 라이플총을 문 가까이에 세우고 손짓을 했다. 우리는 부츠와 코트를 벗고 테이블 앞에 앉았다. 오리시아는 각 사람 앞에 접시를 놓고 그 위에 빵 한 덩어리와 부드러운 산양유 치즈를 놓아주었다. 식사를 하면서 다닐로가 울랴나 아주머니에게 물었다.

"무슨 일이에요?"

"독일군은 우리 캠프가 어디 있는지 아직 몰라. 하지만 최근 그들이 이 지역 여기저기를 돌아다닌다네."

울랴나 아주머니는 근심스러운 표정으로 독일군 이야기를 꺼냈다. 그리고 조심하란 당부를 했다. 그리고 빵을 맛보라고 했다. 그런 울랴나 아주머니는 별다른 이야깃거리가 있다기보다는 우리에게 빵을 대접하고 싶었던 게 아닌가 하는 생각이 들었다.

다닐로가 나와 마르티나를 보고 말했다.

"빵을 다 먹고 나서 계속 이동할 거야."

우리는 조금 넓어진 길을 따라 몇 킬로미터 내려갔다. 길에서 소련 군복이나 독일 군복을 입은 군인들을 간간이 마주쳤다. 군복에는 계급장이 떼어져 있었다. 또 어떤 사람들은 농가의 평범한 옷을 입고 있기도 했다. 무기를 들고 우리 앞에 서기 전까지는 그들을 구분하기 어려웠다. 이들은 다닐로를 보면 무기를 낮추고 우리를 보내주었다.

우리는 계속 걸으며 보초를 서는 군인들을 더 지나쳤다. 몇 킬로미터 더 가자 길이 확 넓어지더니 주위에 키가 큰 나무가 빽빽하게 둘러진 공터가 나타났다. 공터의 절반은 나무가 빽

빽했고, 그 아래에 목조 건물들이 몇 채 줄지어 있었다. 건물의 지붕과 외벽은 진흙과 전나무 가지로 가려져 있었는데, 가까이 가 보니 숨겨진 건물이 몇 채 더 있어서 깜짝 놀랐다.

이번에는 무장한 경비병들이 앞을 가로막았다. 다닐로의 얼굴을 알아보았지만 우리를 들여보내주지 않았다.

"암호."

한 경비병이 암호를 요구했다. 나와 나이가 비슷해 보였는데 우리에게 라이플총을 겨누고 있었다.

"벌새."

다닐로가 대답했다.

어린 군인이 총을 낮췄다.

"들어가도 좋습니다."

건물 밖으로 직원 한 명이 나와 다닐로를 보고 미소지었다. 그러더니 나와 마르티나를 보고는 미소를 금세 지웠다.

"이 아이들은 우리를 돕기 위해 이곳에 왔나요, 아니면 떠돌이 아이들인가요?"

"보단, 이 아이들은 우리를 돕고 싶어 해요. 착한 아이들이에요. 마르티나는 손이 빠르고 얌전합니다. 루카는 약사인 아버지 밑에서 일을 배웠고요."

"먼저 무기 훈련을 받아야겠군. 자, 바로 시작하지."

보단을 따라 언덕을 올라가자 공터가 나왔다. 십 대 정도로 보이는 소년 두 명과 소녀 한 명이 평범한 옷을 입은 채 미동도 없이 서 있었다. 조교 앞 테이블 위에는 기관총, 자동 권총, 라이플 소총 등 무기가 여러 개 놓여 있었다.

"소피아, 로만, 빅토르, 무기를 골라. 이 총들은 장전되어 있지 않다. 먼저 할 일은 총을 분해하는 일이야. 잘 보고 따라 해 봐. 그 다음에는 다시 조립을 할 거야."

아이들이 총을 해체하느라 바쁜 사이에 조교가 다닐로에게 인사했다.

"이들이 새로 온 아이들인가?"

"네."

"훈련소에 온 것을 환영한다. 나는 페트로야. 너희도 무기를 골라. 그리고 분해했다가 조립을 해 봐."

***

"좀 더 똑바로 서서 조준해. 개머리판을 가슴 중앙에 오도록 해야 해."

마르티나가 총을 들고 갈피를 잡지 못하는 나를 보더니 말했다.

나는 라이플총을 가지고 있는 일이 너무 어색했다. 왜 마르티나는 쉽게 할 수 있는 걸까. 나와 다르게 마르티나는 그룹에서 두각을 보였다. 나는 총구를 표적에 맞추고 가늠자 중앙에 표적이 오도록 서서 천천히 방아쇠를 당겼다.

"과녁의 한가운데에 집중해. 총 앞부분만 보지 말고."

마르티나가 다시 조언을 했다. 나는 손가락에 힘을 풀고 마르티나를 노려봤다. 마르티나는 혀를 쏙 내밀었다.

"분노를 가라앉히지 않는다면 과녁은커녕 건초 더미도 못 맞출걸."

분노를 가라앉히라고? 마르티나가 옆에서 사사건건 훈수를 두는데 어떻게 화를 내지 않을 수 있겠는가. 물론 이 생각을 입 밖으로 꺼내진 않았다. 대신 마르티나의 말을 무시했다. 조심스럽게 두 번째 손가락을 방아쇠에 걸고 당겼다. 총성이 울리고, 반동 때문에 나는 땅에 나동그라졌다.

"축하해. 그래도 이번에는 과녁을 맞출 뻔했어."

"어디?"

"저기 위쪽 구석에. 종이가 조금 펄럭이는 게 보이지?"

"난 모든 것을 제대로 했어. 더 중앙에 맞았어야 한다고."

나는 총을 안전하게 땅에 내려놓으며 말했다.

"모든 것을 다 잘할 수는 없어."

"나는 너처럼 총을 잘 쏠 수 없어. 너처럼 조용히 다닐 수도 없고. 쓸모없는 사람인가 봐."

"그냥 거기 서 있어. 너 때문에 불안해."

마르티나가 앙상한 전나무 옆을 손가락으로 가리켰다.

"하지만 마르티나, 그걸 알아야 해. 전쟁이 오면 사람들이 안전거리를 유지하지 않아. 어떤 상황에서도 총을 발사하는 데에 익숙해져 있지."

"좋아. 그럼 네가 있고 싶은 데에 있어."

마르티나는 재빠른 동작으로 자리에 서서 목표물을 향해 조준했다. 탕 소리와 함께 표적의 한가운데에 구멍이 났다. 마르티나는 소총을 땅에 내려놨다.

"루카, 나는 총을 잘 쏘고 잘 숨어다녀. 하지만 너는 사람들을 치료해줄 수 있잖아. 나도 그런 일을 할 줄 알면 좋겠어."

우리는 함께 본부로 돌아왔다. 얼마 되지 않는 자유시간이었다. 본격적으로 일을 시작하기 전에 군사 훈련을 마친 것이다. 페트로는 내 사격 실력에 기분이 좋지 않았다.

"루카, 마을 의료진으로 일하는 게 좋겠어. 하지만 마르티나가 옆에서 도와준다면 너에게도 총을 한 자루 주지."

"저는 나라를 위해서 싸우고 싶어요. 아저씨처럼요."

그는 머리를 저었다.

"소원은 신중하게 빌어. 가서 좀 자두는 것이 좋을 거다."

리다가 뾰족한 전나무 잎으로 내 얼굴을 쓰다듬는다.

“루카, 이 소리가 들려?”

“무슨 소리?”

나는 리다가 더 이상 간질이지 못하도록 리다의 가느다란 손목을 붙잡는다.

“내가 나치를 위해 만든 총알들….”

배에서 갑자기 뜨거운 것이 치민다. 슈미트 장교가 어린아이들은 군수 공장에 보내지 않았을 텐데. 리다는 세탁소에서 일했다. 군수 공장이 아니라.

“루카, 일어나!”

잠에서 깨어나도 마음이 저릿할 정도로 꿈은 생생했다. 나는 눈을 떴다. 앞에는 리다가 아니라 마르티나가 로만과 함께 있었다.

마르티나는 침낭 위를 덮은 전나무 가지들을 걷어내고 내 손을 잡고 강하게 일으켰다. 얼마나 힘이 센지 팔이 빠지는 줄 알았다. 소피아와 빅토르도 뛰어왔다. 그때 하늘 위로 비행기가 날아가는 소리가 들렸다.

비행기 소리가 점점 커졌다. 하늘을 보니 소련 비행기가 가까이 다가오고 있었다.

“자리로 돌아가.”

마르티나가 소리쳤다. 비행기가 하늘에서 한 바퀴 돌더니 다시 원을 그리며 우리가 있는 방향으로 다가왔다. 우리는 재빨리 총을 장전하고 줄지어 섰다. 비행기는 발포 없이 그냥 지나갔다.

"총 내려놔."

마르티나가 말했다.

"이상하군. 왜 소련군 비행기가 한 대만 지나가는 거지?"

비행기가 사라진 뒤에 본부에 모이자 페트로가 말했다.

나도 같은 부분이 의심스러웠다. 께름칙했다.

19장

주라키 마을

소년병들은 빅토르의 마을 주라키를 방어하라는 임무를 부여받았다. 산 아래 큰길이 시작되는 지점에 위치해 있는 마을이다. 조금 실망스러웠다. 좀 더 전투 한가운데로 들어가 영웅이 되고 싶은 마음이었는데, 노인과 아이들만 남은 작은 변두리 마을을 지키라니. 이들이 보호를 받아야 하는 사실은 이해한다. 싸울 수 있는 나이의 남자들은 이미 죽거나 다른 곳으로 차출되었다. 여자들도 모두 차출당했다. 그들은 독일에 있는 공장에서 일하고 있을 것이다.

전쟁이 가까이 오고 있었다. 지금은 주라키가 독일령이지만 언제 바뀔지 몰랐다. 마을에서 싸울만한 나이의 남자는 로만과 빅토르를 제외하고는 어깨가 탈골된 올레와 파블로뿐이었다. 이들은 우리와 교대로 보초를 섰다.

몹시 추운 일요일 아침, 한 곳에 오래 서 있자니 발이 얼음으로 변하는 것 같았다. 마을 성당에서 종소리가 들렸다. 나는 일요일 임무가 끝나면 성당에서 미사를 드렸다. 종교적인 마음도 있었지만, 총을 내려놓고 사람들 사이에서 따듯함을 느낄 수 있는 시간이 좋았다. 얼른 교대 시간이 오기를 기다리며 언 발을 땅에 동동거렸다.

"이제 교대 시간이 다가와."

마르티나의 입술은 이미 추위로 파래져 있었다. 빅토르는 그 옆에서 이를 덜덜 떨며 제자리걸음을 했다. 그때 누군가 뛰어오는 소리가 들렸다.

눈앞에 군복을 입은 형체가 흐릿하게 보이는가 싶더니 순간 머리 뒤에서 강한 충격이 느껴졌다. 나는 눈 위로 쓰러졌다. 정신을 잃어가는 와중에 눈앞에 연기가 피어나고 폭탄 소리와 비명소리가….

얼마나 정신을 잃었던 것일까. 나는 숨을 깊이 들이마시고 몸을 일으키려고 노력했다. 무언가 단단히 잘못됐다. 마르티나도 저편에 누워 있었다. 귀에서 피가 흘렀다. 몸을 웅크린 채 울고 있는 빅토르는 얼굴에 얼룩덜룩 멍이 있었다. 나는 손을 머리 뒤로 가져가 만졌다. 물컹한 느낌에 봤더니 손에 피가 묻어 나왔다. 누가 공격한 것일까.

성당 탑 위로 검은 연기가 치솟았다. 요란한 비명들이 들려왔다.

"빅토르, 마르티나! 성당을 봐. 우리가 가서 도와야 해!"

내가 소리치자 마르티나가 게슴츠레 눈을 떴다. 빅토르도 정신을 차리고 앉았다. 나는 불길이 치솟는 성당으로 달려갔다. 빅토르가 내 뒤를 비틀거리며 따라왔다.

누군가 두꺼운 나무 막대를 금속 손잡이 사이에 빗장처럼 끼워 놓았다. 그래서 성당 안에서 아무리 세게 밀어도 열리지 않았다. 나는 나무 막대를 잡아당겼다. 꿈쩍도 하지 않았다. 빅토르가 반대쪽을 밀어주어 겨우 빼냈다.

문이 열리자 사람들이 와르르 쏟아져 나왔다. 넘어진 사람들 위로 밀려나오던 사람들이 또다시 넘어졌다. 등에 불이 붙은 사람이 비명을 지르며 뛰어나오다 한데 엉켰다. 아수라장이었다. 나는 사람들 위로 넘어진 소녀 한 명을 붙잡아 일으켰다. 소녀는 정신없이 성당 밖으로 뛰어나갔다. 그 뒤로 어린아이를 안은 여자가 울부짖으며 뛰어나왔다. 아이의 눈은 공포에 질려 있었다. 머리와 외투에 불이 붙은 노인이 뛰어나와 눈 위로 마구 굴렀다. 끔찍한 모습이었다.

무슨 일이 일어났는지 가늠이 되지 않았다. 가능한 많은 사람을 구하고 싶었다. 하지만 사람들이 밖으로 나올수록 성당 안에는 이미 죽은 사람이 많다는 것을 깨달았다. 불 때문이 아니라 연기 때문이었다. 빅토르는 시체 더미에서 자신의 엄마를 발견하자 길고 처절한 울음을 내뱉었다.

마르티나가 헐떡이며 다가왔다.

"물이 필요해! 아주머니, 얘야, 가서 양동이를 가져와. 양수기에서 물 좀 퍼주세요."

마르티나는 주변에 있던 사람들에게 필요한 일을 시켰다.

성당은 낡고 대부분 나무로 지어졌다. 치솟는 불길을 잡기에 양동이의 물은 역부족이었다. 우리는 성당을 내버려뒀다. 불길이 번지는 것을 막기 위해 일단 농가 쪽으로 마구 물을 뿌렸다.

불길은 다음 날이 되어서야 잡혔다. 산 사람과 죽은 사람을 파악하는 과정에서 올레와 파블로가 사라졌다는 사실을 알게 되었다.

"어떻게 불이 나기 시작한 거지?"

나는 소냐라는 소녀의 그을린 손바닥에 연고를 발라주며 물었다.

"갑자기 높은 창문이 깨지면서 불붙은 공이 들어왔어. 올레와 파블로가 불을 지른 사람을 잡으려고 뛰어나갔어. 밖에서 독일어로 외치는 소리랑 총소리가 나더니… 문이 쾅 닫혔어."

소냐가 침을 꼴깍 삼키고 이어 말했다.

"누군가 문을 열려고 했지만 꿈쩍도 안 했어. 그리고 두 번째 불덩어리가 창문을 통해 들어왔어. 여기저기 불길이 치솟기 시작했지. 연기가 너무 많이 나서 사람들이 기침을 했어. 어떤 사람들은 문틈 사이로 소리를 지르기도 했고. 정말 끔찍했어."

소냐의 목소리가 떨렸다.

"파블로와 올레는 어디로 갔을까?"

내 물음에 소냐가 한숨을 내쉬었다.

"아마 숲속에 숨겨진 처형장으로 끌려갔을 거야. 그런 곳이 있다는 것을 들은 적이 있어. 정확히 어디인지는 아무도 모르지만."

나는 불이 난 게 내 잘못인 것만 같았다. 파블로와 올레가 붙잡혀간 것도 내 잘못인 것 같았다. 기절을 해버리다니, 어떤 정찰대가 그런단 말인가.

나는 빅토르를 보았다. 빅토르는 엄마의 시체를 본 뒤로 망연자실해 있었다. 내 시선을 느꼈는지 빅토르가 고개를 돌렸다. 나와 눈이 마주쳤다. 마치 나에게 절망 속에서 꺼내달라고 부탁하는 듯했다. 나는 빅토르에게 도움을 요청했다.

"주변을 수색해보자. 어쩌면 처형장의 위치를 찾을지도 몰라."

빅토르가 할 일을 만들어줘서 고맙다는 듯 고개를 끄덕였다.

성당 주변에 난 발자국은 눈 위에 찍혀 있어서 추적하기 쉬웠다. 어지러운 발자국 가운데 누군가를 끌고 간 듯한 자국이 보였다. 우리는 발자국을 따라 마을 밖으로 난 길을 내려갔다. 하지만 곧 독일과 소련 군대가 남긴 여러 발자국이 섞여 분간하기가 어려웠다.

"트럭이 지나간 지 얼마 안 된 것 같아."

빅토르가 눈과 진흙 위에 선명하게 찍힌 바퀴 자국을 가리켰다.

우리는 바퀴 자국을 따라 조심스레 걸었다. 바퀴 자국은 독일군 캠프로 이어졌는데, 안에 수감자가 있는 것 같지는 않았다.

우리는 처형장이 어디 있는지 실마리를 찾기 위해 근방을 샅샅이 뒤졌다. 금세 날이 저물었다. 진이 빠지고 추웠지만 파블로와 올레를 찾아야만 했다. 빅토르가 이 지역 출신이어서 지리를 잘 알고 있었는데도 처형장이나 수용소 같은 것은 보이지 않았다.

"우리가 처형장을 찾을 수 있을까? 불가능할 것 같아."

나는 나뭇등걸에 앉아 손으로 머리를 감쌌다. 밤새 부근을 훑어봤지만 쥐새끼 한 마리 보이지 않았다. 이제 동이 트려고 했다. 빅토르도 내 옆에 털썩 주저앉았다. 한참 동안 아무 말도 하지 않더니 갑자기 일어섰다. 나무 사이에 눈과 나뭇잎으로 가려진 바퀴 자국을 손으로 가리켰다. 어두울 땐 발견하지 못했던 것이었다.

"새로 난 바퀴 자국이야."

우리는 숲으로 이어진 바퀴 자국을 따라 다시 수백 미터를 추적했다. 해가 뜨고 있었기 때문에 길 대신 나무 사이를 걸으며 바퀴 자국을 따라갔다. 결국 우리는 기지를 발견했다. 기관총으로 무장한 두 명의 독일군이 길에 서 있었다.

이들이 우리를 발견하지 못하도록 나무 뒤에 숨었다. 몇 분이나 흘렀을까. 머리를 살짝 내밀어 경비병의 동태를 살폈다. 다행히 이들은 다른 방향을 보고 있었다. 나는 빅토르에게 따라오라고 손짓을 한 뒤, 앞에 있는 덤불 뒤로 숨었다. 몇 분을 기다렸다가 조심스레 자리를 이동하고 또 몇 분을 숨죽여 기다렸다. 천천히 그리고 조심스럽게 이들이 다른 곳을 볼 때를 기다려 나무 뒤로 숨어서 이동했다.

기지에서 오백 미터쯤 떨어진 곳까지 접근했다. 공기 중에 희미하게 썩은 냄새가 났다. 나와 빅토르는 끈기 있게 움직였다.

"잠깐, 저 나무를 봐."

빅토르가 팔로 내 앞을 막고 속삭였다. 이렇게 깊은 숲속에

철조망 울타리가 있는 땅이 교묘하게 숨어 있었다. 그 옆에는 감시탑이 있고 무장한 군인들이 지키고 있었다. 철조망으로만 만들어진 공간인데, 놀랍게도 수척한 사람들이 붙잡혀 있었다. 포로병이 아니라 일반 사람들이었다. 대부분은 남자였고 여자도 있었다. 눈과 비를 막을 만한 벽이 없어서 사람들은 서로 꼭 붙어 체온을 나누고 있었다. 하지만 음식도 없이 혹독한 추위에 지내기에는 역부족이었다. 사람들은 말 그대로 굶주린 채 꽁꽁 얼어 가고 있었다. 그들 중 옷이 낡지 않은 사람들을 금방 찾아낼 수 있었다. 올레였다. 하지만 이미 때가 늦은 사람도 많았다. 철조망 밖에는 얼어붙은 시체들이 쌓여 있었다.

나는 숨을 고르며 무언가 방법을 생각하려 애썼다. 보통의 독일군이라면 이런 감옥을 사용하지 않을 것이다. 훈련을 받은 살인 병기 게슈타포(나치스 독일 정권의 비밀 국가 경찰)의 짓이 분명했다. 그렇다면 분명 근처에 본부가 있을 것이다. 나는 조금 높은 땅으로 올라갔다. 언덕 위에서 내려다보니 감옥 뒤로 몇백 미터 떨어진 곳에 새로 지은 막사들이 보였다. 군대의 본부와 숙소일까? 나는 건물의 위치를 잘 기억해두었다.

"페트로에게 발견한 곳을 말해줘야 해."

나는 빅토르에게 속삭였다. 그때 감시탑에 있던 보초병 한 명이 우리 쪽을 쳐다봤다. 자세히 봤다면 분명 나를 발견했을 것이다. 나는 나무처럼, 바위처럼, 가만히 서서 그가 고개를 돌리기만을 기다렸다.

다시 몰래 돌아가는 일은 더 어려웠다. 나는 어제 가격당한 뒤통수 때문에 아직도 머리가 지끈거렸고 빅토르의 상황은 더 심했다. 엄마를 잃고 친구와 이웃들을 모두 잃었다. 그리고 지금은 쓰레기처럼 쌓인 시체를 눈앞에 두고 있다. 도대체 어떤 자들이 같은 인간을 이렇게 대할 수 있는가. 나는 얼어붙은 시체가 쌓인 잔상을 지우기가 힘들었다.

우리는 다시 산으로 돌아와서 본 것을 페트로에게 보고했다.

"이 지도에서 찍을 수 있겠어?"

페트로가 책상 위에 지도를 폈다. 나는 캠프가 있던 지역을 손가락으로 가리켰다.

"여기쯤 감옥이 있었고, 그 뒤로 건물들이 숨어 있었어요. 제가 있던 강제 수용소의 포로들처럼 보였어요. 그들이 게슈타포라고 확신해요."

"아마 그럴 거야."

"왜 일반인들을 잡아두었을까요? 독일군들이 후퇴하고 있는 것으로 알고 있는데요. 이렇게 해서 얻는 것이 있을까요?"

"군사 전략이지. 소련이 가까이 밀고 들어올수록 후퇴하는 나치군은 되도록 모든 것을 파괴해버려. 소련에 의해 사용될 여지를 주지 않기 위해서지. 음식이든 물건이든 사람이든 말이야."

키예프에서 나치의 세력이 커지고 소련이 물러날 때 있었던 일이 생각났다. 소련군도 모든 것을 파괴했다. 전쟁에서 고통받는 사람들은 언제나 보통 사람들이다.

***

그날 밤 공격 작전을 짰다. 빅토르와 내가 정찰단 선두에 서기로 했다. 이런 때에 마을을 지키는 것보다 앞장서서 싸우게 된 것이 자랑스러웠다.

먼저 기지 근처에 잠복을 했다. 여기까지는 쉬웠다. 페트로가 얼어붙은 진흙길을 따라 대원을 배치했고 큰길에도 병력을 두어 독일군 지원병이 오는 경우를 대비했다. 나머지 대원들은 조용히 막사를 에워쌌다.

UPA(우크라이나 반정부) 군인들은 감시탑 위에서 보초를 서는 독일군을 향해 소총을 조준했다. 페트로의 신호에 맞추어 보초병을 쏜 뒤 건물로 돌진했다.

빅토르와 나는 언덕 위에 자리를 잡았다. 안에서 잠긴 문을 페트로가 발로 차서 열었다. 우리는 나무판자 사이로 발소리를 죽인 채 들어갔다. 양쪽으로 문이 있는 복도가 나왔다. 페트로가 우리에게 방 안으로 들어가라는 신호를 했다. 나는 빅토르와 함께 바로 앞에 있는 문으로 들어갔다.

불을 켰다. 잠옷을 입은 금발 머리 남자가 침대에서 벌떡 일어나 옷을 붙잡았다. 일반인의 옷이다. 그리고 독일어로 소리쳤다.

"저리 가!"

재빨리 방안을 살펴봤다. 회색 게슈타포 군복이 벽에 걸려 있었다. 방의 절반은 군대 내무반처럼 깔끔하게 정리되어 있었고 나머지 절반에는 여러 물건이 거의 천장까지 쌓여 있었다. 바닥에는 커다란 자루가 놓여 있었는데 입구에 소시지가 길게 삐져나와 있었다. 자루 옆에는 커다란 '최후의 만찬' 그림이 비스듬히 놓여 있었는데 언뜻 보기에 오래되고 값진 그림처럼 보였다. 성당에 불을 지르고 훔친 것일 것이다. 나무상자 위에는 낡은 미사 성배 잔이 놓여 있었고 그 안에는 금반지가 가득했다. 가난한 마을 사람들의 결혼반지가 분명했다.

속이 울렁거리고 토할 것 같았다.

나는 군인을 쳐다봤다. 그는 재빨리 베개 아래에 놓인 피스톨을 꺼냈다. 내 머리에 총을 겨누는 순간 나는 둘 중 한 명의 운명이 결정된다는 것을 깨달았다.

나도 재빨리 총을 들어 쐈다. 그의 가슴께가 폭발했고 쓰러졌다. 그를 보고 다시 내 손을 봤다. 어쩔 수 없는 상황이었지만 실제로 사람을 죽였다는 사실이 충격이었다. 그의 죽음으로 무고한 사람 여럿을 살릴 수 있다고, 애써 생각했지만 잘 받아들여지지 않았다. 나는 허리를 숙여 토하고 말았다.

"어서 여기서 나가자."

빅토르가 나를 붙잡았다. 나는 몸을 세우고 입가를 닦았다.

"아무에게도 말하지 마, 알았지?"

"말 안 할게."

***

빅토르와 나는 철조망으로 달려갔다. 페트로가 이미 문을 열고 반군들에게 포로들을 풀어주라는 명령을 내린 상태였다. 갇혀 있던 올레와 파블로가 밖으로 나와 우리를 안고 감사의 인사를 했다. 그리고 우리와 함께 다시 안으로 들어가서 걷지 못하는 사람들을 도왔다. 빅토르와 나는 전나무 가지와 천으로 들것을 만들어 안드리라는 젊은 군인을 옮기려고 했다.

"나는 걸을 수 있으니 다른 사람을 도와줘."

하지만 안드리는 한 걸음 내딛자마자 무릎이 꺾여 넘어졌다. 우리는 그를 들것에 싣고 외투를 벗어 덮어줬다.

UPA 반군들은 포로들을 등에 업고 어린아이들을 안고 나왔다. 치료가 필요하지만 UPA 본부로 데려갈 수 없는 사람들은 눈을 가린 뒤 근처 야전병원으로 옮겼다.

포로들을 모두 보낸 뒤 페트로는 두 개의 부대에게 게슈타포 건물로 들어가서 쓸만한 것을 모두 가져오라고 명령했다. 음식, 약, 옷뿐만 아니라 기밀 보고서 같은 것도 모두 찾아 우리 캠프로 옮겼다.

안드리를 데리고 가는 길에 UPA 소속 사제인 루슬란 신부님을 만났다.

"신부님, 왜 반대쪽으로 가세요?"

"파나히다(망자를 위한 미사)에 가는 길이야."

안드리는 들것에서 일어나 앉았다.

"신부님, 제발 저를 그곳에 데려가주세요. 그들은 제 친구들이었고, 제 이웃들이었어요. 마지막 인사를 하고 싶어요."

신부님은 고개를 끄덕였다.

"그렇게 하면 좋겠구나."

우리는 들것을 돌려 신부님을 따라 다시 감옥으로 갔다.

그곳에 가자 버려진 시신들이 쌓여 있었다. 분노로 인해 속이 뒤집혔다. 훔쳐 온 물건들을 쌓아두고 따듯한 침대에 누워 있던 게슈타포 군인이 생각났다. 사람들이 밖에서 추위와 굶주림에 죽어가고 있을 때 편안하고 사치스러운 삶을 산 그는 죽어 마땅한가? 그렇다. 하지만 나는 여전히 그를 죽였다는 사실이 껄끄러웠다.

안드리는 성치 않은 몸으로 빅토르의 팔에 의지해 서 있으려고 애를 썼다. 루슬란 신부님이 배낭을 벗더니 안에서 미사 제복을 꺼내 어깨에 두르고 성경책, 성수, 작은 통을 꺼냈다.

"망자들을 모두 묻어주고 싶습니다. 하지만 땅이 얼어 있군요. 이 흙으로 대신하겠습니다."

나는 훼손되어 마구 뒤엉킨 시신들을 보자 감정이 복받쳤다. 무고한 사람들을 이렇게 죽이는 것도 나쁘지만 시신을 쓰레기처럼 버린 그들에게 진저리가 쳐졌다.

안드리가 울음을 삼키는 소리가 들렸다. 나는 그의 어깨에 손을 얹고 말했다.

"이제 편안한 곳으로 갔을 거야."

망자를 위해 기도하는 루슬란 신부님의 크고 또렷한 목소리에 나뭇잎도 떨리는 듯했다. 신부님은 성수를 시신들 위에 뿌렸다. 우리는 영원한 기억이라는 뜻의 '비흐나야 파미야트'를 함께 불렀다. 그리운 사람들이 떠올랐다. 시신 더미에 있던 나의 할아버지, 키예프에 살던 유태인들과 함께 죽음을 향해 가던 다비드와 그의 어머니, 그 외의 사람들. 너무 많은 사람, 사람들. 빅토르도 자신의 엄마를 생각하고 있으리라. 안드리도 흐느껴 울고 있었다.

미사곡을 끝낸 뒤 우리는 별빛 아래 조용히 서 있었다. 미사의 마지막은 망자에게 키스를 하는 것이 관례다. 루슬란 신부님은 주저하지 않았다. 그는 얼어붙은 시신들이 쌓인 곳으로 걸어가서 무릎을 꿇고 맨 아래 깔린 시신의 머리에 입을 맞췄다. 초기에 죽은 희생자다. 한 명 한 명 우리도 알지 못하는 시신들에게 인사를 건넸다. 얼어붙은 시신에 입술이 닿은 느낌은 결코 잊지 못할 것이다.

루슬란 신부님은 시신 위에 흙을 뿌렸다. 우리가 할 수 있는 최선이었다. 그리고 우리는 자리를 떴다.

***

돌아오는 길에는 사람들의 숨소리만 공기 중에 흩날렸다. 무거운 침묵이 영원처럼 느껴졌다. 왠지 모를 불안감이 엄습했다.

안드리가 아직 내 코트를 덮고 있어서 나와 빅토르는 재킷을 번갈아 입었다. 우리는 모두 추웠지만 안드리가 조금이라도 온기를 느낄 수 있기를 바랐다.

캠프에 도착해서 피로감에 머리부터 발끝까지 녹초가 됐지만 안드리를 병원에 데려다주고 씻은 뒤에 캠프 소속 의사 사무엘 선생님에게 가서 도움이 필요한지 물었다. 사무엘 선생님은 그때까지 부상당한 군인을 치료하고 있었다.

"수용소에서 나온 사람들에게 담요를 배정해주고 물을 나눠주면 좋겠구나. 한 번에 너무 많이 주지는 말고."

병원은 지하 벙커와 비교하면 컸지만, 화상 환자와 풀려 난 포로들로 인해 침상이 모두 차 있었다. 나는 물품보관소에 보관 중인 담요를 모두 꺼내 나눠주었다. 그러나 모자랐다. 가지고 있던 담요를 잘 분배해 환자들에게 재빨리 담요를 둘러줬다.

빅토르는 이들에게 물을 한 컵씩 나눠줬다. 부상당한 사람들에게 담요와 물 한 컵은 작은 부분에 불과하지만 생과 사를 가르는 중요한 첫걸음이다. 온기와 수분이 생명과 직결되기 때문이다. 나는 이들을 돕기 위해 움직이고 또 움직였다. 그 사이 벌써 동이 트고 있었다.

겨우 병원 밖으로 몸을 이끌고 나오는데 사무엘 선생님이 나를 불렀다.

"오늘 밤 너의 도움은 정말 뜻밖의 행운이었어. 고맙다."

20장

앞에 선 나뭇잎들

1944년 봄까지 독일 게슈타포와 소련 군인들 간의 소규모 접전이 계속되었다.

소련군 비행기가 상공을 날아다녔는데 나중에 그 이유를 알게 되었다. 독일군 구역 뒤로 소련 비밀요원들을 낙하산에 태워 내려보냈던 것이다.

독일 일반 군대는 부대 전체가 전쟁을 멈추고 독일로 돌아갔다. 그들에게 전쟁은 끝났다.

하지만 우크라이나인인 우리들에게는 또 다른 전쟁의 막이 시작되고 있었다. 독일군의 학살이 끝나기도 전에 더 악랄해진 소련 비밀요원들이 낙하산을 타고 내려왔다. 이들은 새벽에 마을을 급습해서 남자들을 광장으로 불러 모았다. 나이나 몸 상태는 고려하지 않았다. 이들은 독일군과 달리 우리의 은신처와 지하 터널에 대해 잘 알고 있었다. 나치처럼 쉽게 속지 않았다. 소환에 불응한 남자가 발각될 경우 그 자리에서 매국노라는 죄명으로 총살했다. 광장에 모인 남자들은 무기나 군복도 없이 공산군에 끌려가 대체로 첫 번째 전투에서 죽었다. 끔찍한 시간이었다.

UPA는 아직 산과 숲 등지에서 활동 중이었다. 나는 주라키에서 살아남은 사람들을 계속 도왔다.

마을 정찰대는 주라키에 중앙 병원을 세우고 마을 옆으로 경비를 강화했다. 큰 집을 비운 뒤 침대를 놓아 수술실을 만들고 필요한 물품들을 갖추었다. 그리고 지하 저장실 옆에 대원들이 잘 곳을 마련했다.

베라 선생님이 의사로 파견됐다. 함께 훈련을 받은 마르티나와 다른 젊은 사람들은 경비 업무를 배정 받았다. 나는 의료 경험을 인정받아 베라 선생님을 보조하는 업무를 맡게 되었다. 처음에는 내 전투 실력을 믿지 못해 이런 임무를 줬다는 생각에 좌절했지만 마음속 깊은 곳에서는 총을 사용하는 일 대신 사람들을 치료하는 일을 맡게 되어 안도감이 들었다.

날씨가 점점 따듯해지자 허브와 야생화의 싹이 텄다. 허브와 야생화 식물의 뿌리를 충분히 모았다. 여름이 끝날 때쯤에는 양귀비 열매도 모아서 꿀에 으깨 고통이 극심한 환자에게 진통제와 수면제로 사용했다. 각종 오일과 알코올을 이용해서 민간요법에 쓰이는 약을 다양하게 구비했다. 게다가 독일군들이 사용하던 본부에 술폰아미드, 모르핀, 붕대, 요오드, 지혈대, 소독약이 든 저장고가 고스란히 남아 있었다. 이 의약품들은 금보다 더 귀했다.

이때쯤 내 또래의 마을 소녀 라랴가 매일 오후 병원에 들렀다. 물품실 문에 기대어 선 채 내가 약품과 의료 도구를 정리하는 것을 쳐다봤다.

"내가 도와줄까?"

"나를 도와주는 것보다는 다른 일을 하는 게 더 나을 거야."

나는 거즈 뭉치를 반듯하게 말았다.

"안 돼. 엄마가 매일 오후에 낮잠을 주무시는데, 내가 너무 시끄럽다고 집에서 내쫓으셔."

그 말에 웃음이 나왔다.

"그렇다면 나를 좀 도와주는 것도 고맙지. 라랴, 글 읽을 줄 알지?"

나는 물품의 수량이 적힌 종이를 건넸다.

"물론이지."

"내가 불러주는 물품 옆에 체크 표시를 해줘."

***

며칠 동안 병원은 정강이를 살짝 긁힌 환자를 치료한 것 외에 특별한 일이 없었다. 하지만 소련 비밀요원들이 공격을 시작하자 이곳은 부상자로 넘쳐났다. 폭탄이 자주 터져서 신체를 절단해야 하는 환자들이 많았다. 군인들을 잘 치료한다 해도 양발이나 손이 없이는 다음 전투에서 살아남을 확률이 거의 없었다. 베라 선생님과 나는 다친 이들의 상처를 치료하고 고통을 줄여주기 위해 힘썼다.

어느 날 오후 오스타프라는 군인이 혼수상태에 빠진 채 들것에 실려 왔다. 온몸이 피투성이였는데, 특히 왼쪽 다리가 심한 부상이었다.

"파편이군. 죽지 않은 것이 다행이야."

베라 선생님은 오스타프에게 모르핀을 투여했다. 수술을 준비하는 동안 우리는 그를 신속하게 수술대로 옮겼다. 옷을 잘라내고 피를 닦아내는 데에는 시간이 꽤 걸렸다. 파편이 마구 박힌 상처 부위가 드러났다. 지뢰를 밟은 사람은 끔찍한 죽음을 맞았고 주변에 있던 사람들은 죽거나 파편이 마구 살에 박히게 된다. 오스타프의 다리는 엉망이었지만 그래도 운이 좋은 편이었다. 베라 선생님이 꼼꼼하게 열 개가 넘는 파편을 제거했다. 뾰족뾰족한 금속 조각을 끄집어내서 트레이에 담을 때마다 나는 얼굴을 찌푸렸다.

처치를 다 마치자 오스타프가 깨어났다. 그는 자신의 다리를 보고 물었다.

"제가 다시 걸을 수 있을까요?"

"발가락을 움직일 수 있나요?"

베라 선생님이 물었다. 오스타프는 얼굴을 찡그리면서도 발가락을 움직여 보였다.

"오스타프, 정말 운이 좋군요. 괜찮아질 거예요. 하지만 상처가 다 낫는 데에는 시간이 걸려요."

베라 선생님이 안도의 미소를 지었다.

그날 밤 지하실에 위치한 침대에 몸을 눕히고 나서 나는 또다시 리다의 꿈을 꿨다. 움푹 파인 볼에 맨발이다. 겨우내 어떻게 맨발로 버틸 수 있을까. 동상에라도 걸린 것은 아닐까. 그렇다면 발가락을 움직일 수 있을까.

이리저리 뒤척이다 다른 생각을 하기로 했다. 하지만 꿈에서 리다가 계속 나왔다.

텅 빈 수프 그릇을 붙잡고 굶주린 얼굴로 나를 바라본다. 그릇이 바닥에 툭 떨어진다. 이제 리다의 손은 작고 빛나는 폭탄을 붙잡고 있다. 눈을 감는다. 폭탄이 손에서 미끄러져 폭발한다. 날카로운 금속 조각이 사방으로 퍼져나간다.

나는 깜짝 놀라 잠에서 깼다. 폭탄이 터지는 잔상이 계속 남았다. 리다는 지금 어디 있을까? 아직 세탁소에서 일하고 있을까, 아니면 내가 그랬던 것처럼 폭탄을 만들고 있을까? 갑자기 끔찍한 생각이 들었다. 지금까지 소련군의 폭탄을 누가 만들었는지 생각해 본 적이 없었다. 나와 리다 같은 수용소 노동자들이 만든 것이리라. 아니면 나의 아버지 같은.

잠이 오지 않았다. 이불을 젖히고 일어나서 임시 병원의 중앙 계단으로 걸어갔다. 세수를 하고 있을 때 마르티나를 만났다.

"이곳에서 서쪽으로 마할라 마을과 빌키 마을이 소련군에 함락됐어. 곧 이곳으로 밀어 닥칠거야. UPA 캠프를 산으로 옮겨야 해."

창문 밖을 보자 이미 우리 반군들이 방어 태세에 돌입해 무기를 배치했다.

나는 옷을 입고 베라 선생님을 따라 창고로 갔다. 모르핀, 수술 도구, 항생제 등을 배낭에 챙겼다. 수련 중인 세 명의 의사도 큰 가방을 가져와 의료용품과 간이 침상까지 넣었다.

다닐로가 마르티나를 포함한 부대원들과 함께 돌아왔다.

"환자들은 어디에 있어?"

베라 선생님이 오스타프를 가리켰다. 다리를 감은 붕대에 피가 묻어 있었다.

“들것이 필요해.”

다닐로가 문을 가리켰다.

“전부 밖으로 데려가. 지금 당장.”

나이 든 군인 두 명이 오스타프를 침대에서 들어 들것에 실었다. 다닐로를 따라 나갔다. 베라 선생님이 빠트린 물건이 없는지 확인하는 동안 마르티나는 수련의 세 명에게 길을 안내했다.

마을에 남은 사람들은 이제 라랴와 할머니를 포함해서 여자 열여덟 명과 아이 여섯 명뿐이었다. 소냐의 어린 동생 안나를 제외하고 아이들은 모두 일찍 일어나서 기다리고 있었다. 우리는 마을로 가서 묘지 옆으로 난 길을 통해 숲 쪽으로 사람들을 인도했다.

훈련을 받지 않은 일반 사람들과 들것에 실린 오스타프에게 산으로 가는 길은 멀었다. 하지만 우리는 이곳의 지리를 손바닥처럼 훤히 알고 있었다. 배낭이 무거워서 자꾸 어깨에서 미끄러졌지만 앞 사람의 발을 보고 계속 걸었다. 베라 선생님과 나는 사람들과 함께 걸었고 앞뒤로 군인들이 우리를 지켜줬다.

큰 언덕을 지나자 나무들이 울창해졌다. 우리의 행적을 더 잘 감출 수 있는 곳이다. 마르티나는 소총을 매고 다닐로와 함께 선두에 서 있다가 속도를 늦춰 내 옆으로 왔다.

"짐이 무거워 보이는데, 우리 끈을 한 쪽씩 나눠서 들고 가자."

그 말에 빙그레 웃음이 났다. 이곳에 오기 전 마르티나와 함께 보냈던 시간들이 그리웠다.

"고맙지만 괜찮아."

우리는 계속 걸었다. 아무도 뒤처지지 않았다. 하지만 아이들과 노인들의 숫자가 많아 적이 나타날 경우 쉽게 숨기가 어려울 거였다. 마을에서 일 킬로미터쯤 떨어진 곳에서 두 번째 UPA 반군 부대를 만났다. 이들은 우리 대열에 합류해 사람들과, 특히 중요한 의약품을 방어해줬다.

그때 고막을 찢는 소리가 들렸다. 소련군 폭격기 몇 대가 하늘을 갈랐다. 우리 주변은 순식간에 불바다가 되었다.

21장

검은 연기

불타는 파편이 라랴의 등에 떨어졌다. 코트에 불이 붙어 라랴는 마구 소리를 지르며 숲으로 뛰어갔다. 내가 급히 뛰어갔지만 라랴 할머니가 먼저 라랴를 붙잡아서 눈 위로 굴렸다. 다행히 불길이 잡혔다. 코트에 구멍이 뚫리고 연기가 피어올랐지만 다친 곳은 없어 보였다.

순식간에 주변의 숲이 불타버렸다. 아무도 다치지 않은 것이 기적이었다.

“속도를 내자. 숲 전체가 타버리기 전에 여기서 빠져나가야 해.”

다닐로가 말했다. 오스타프가 누운 들것을 들었던 두 사람이 다른 사람들과 교대했다. 불길을 만나면 들것을 든 채 종종걸음으로 피해갔다. 내 앞에서 걷던 소냐는 발을 헛디뎌 넘어졌다. 그러나 안나를 떨어트리지 않고 꼭 안고 있었다.

"괜찮아?"

소냐를 부축해주며 물었다.

"발목을 접질렀어."

마르티나가 그 말을 듣고 숲으로 달려갔다가 잠시 후 튼튼한 나뭇가지를 들고 왔다. 손으로 툭툭 잔가지를 쳐내고 소냐에게 줬다.

"이걸 짚고 가. 그리고 내가 안나를 안을게."

마르티나는 아이를 안고 나는 커다란 배낭을 짊어졌다. 우리는 소냐의 양옆에서 걸었다. 혹시라도 넘어지면 부축해주기 위해서였다. 우리는 나무나 돌 사이를 조심스럽게 디뎠고 얼음을 피했다. 소냐가 휘청거릴 때면 나는 얼른 소냐의 팔을 잡아주었다. 소냐의 발목은 몹시 부풀어 있었다.

한 시간쯤 지나서 우리 세 사람은 대열에서 뒤처졌다. 우리 뒤에 남은 사람은 후방을 지키는 마을 군인들뿐이었다.

숲에서 검은 연기가 치솟았다. 또다시 하늘에서 찢어지는 소리가 들리더니 소련군 전투기가 낮게 날면서 우리에게 마구 총을 쐈다. 마르티나는 안나를 나에게 넘기고는 소총을 조준했다. 앞쪽에 배치된 군인들도 전투기를 향해 총을 쐈다. 마르티나가 방아쇠를 당기자 소련군 전투기 측면에 구멍이 났다. 점점 기울어지더니 숲으로 곤두박질쳤다. 전투기는 몇 초 후 굉음과 함께 폭발했다.

나는 기쁨에 겨워 마르티나를 쳐다봤다. 그런데 마르티나는 창백한 얼굴로 웃지 않았다. 곧 털썩 무릎을 꿇고 땅에 쓰러졌다. 마르티나의 옷 위로 검붉은 자국이 퍼졌다.

나는 마르티나에게 달려가 무릎을 꿇고 맥을 짚었다. 사람들이 모여들었다.

"빅토르, 로만, 들것을 가져와!"

이들이 긴 나뭇가지에 담요를 묶어 들것을 만드는 동안 나는 마르티나의 외투를 벗겼다. 오른쪽 가슴 위에 총을 맞은 것이다. 나는 마르티나를 들어 들것 위에 눕히고 코트를 벗어 둘둘 말아 마르티나의 등에 받쳤다. 상처를 천으로 덮고 지혈을 했다.

다닐로가 사람들을 헤치고 와서 마르티나의 들것을 들었다. 내가 뒤를 맡았다. 정신없이 본부로 뛰었다. 이를 악물었다. 미리 소식을 들은 베라 선생님이 나와서 안나를 살폈다.

"루카, 빠르게 대처했구나."

무슨 정신으로 걸음을 걸었는지 잘 기억이 나지 않았다. 발을 내딛을 때마다 온갖 의문이 나를 괴롭혔다. 마르티나가 나와 함께 걷기 위해 속도를 늦추지 않았다면 총에 맞지 않았을까? 내가 더 조심해야 했다. 이 순간 명확한 것은 한 가지뿐이었다. 마르티나가 죽는다면 그것은 내 잘못이다.

UPA 정찰대가 있는 곳에 도착하기 전 그곳에 있던 사람들에게 무전을 쳤다. 군인 두 명이 마르티나의 들것을 새로 들었고 나와 다닐로는 병원까지 뛰었다.

들것이 도착하자마자 베라 선생님이 마르티나를 수술대에 눕혔다. 피 묻은 외투를 벗기고 지혈을 하기 위해 묶었던 붕대를 느슨하게 풀었다. 마르티나는 호흡이 약했고 입술도 이미 파래져 있었다.

"루카, 손 씻고 와서 도와. 마르티나의 폐가 망가지고 있어."

나는 걱정과 두려움을 뒤로한 채 내가 할 수 있는 일에 집중하려고 노력했다. 베라 선생님에게 수술 도구를 하나씩 건넸다. 선생님은 마르티나의 옆구리를 작게 절개하고 튜브를 삽관했다. 피가 빠져나왔다. 마르티나가 기침을 하기 시작했다. 입술에 핏기가 돌았다.

베라 선생님은 마르티나의 상처에서 총알을 찾기 시작했다. 나는 옆에서 살균 식염수로 상처 부위를 연거푸 씻어냈다.

"조금만 더 찾아보자. 마르티나의 쇄골과 갈비뼈가 부러졌어."

베라 선생님은 수술을 끝내고 마르티나의 팔과 목에 붕대를 감아 뼈를 똑바로 고정했다. 나는 잠든 마르티나 옆에 밤새도록 앉아 있었다.

동이 트기 전 잠에서 깨어난 마르티나가 힘 없는 목소리로 말을 건넸다.

"루카? 거기 있니? 너무 추워."

어둠 속에서 마르티나가 힘겹게 눈을 뜨려는 것이 보였다. 나는 불을 켜고 마르티나를 살펴봤다. 가슴에 난 상처가 다시 벌어져 붕대가 붉게 물들어 있었다. 입에서도 피가 흘렀다. 나는 팔을 뻗어 마르티나를 안아주었다.

"네 잘못이 아니야, 루카."

하지만 마르티나가 다친 건 내 잘못이었다. 속에서 끓어오르는 화를 억지로 참고 마르티나를 다독여줬다. 할 수만 있다면 온기를 전해주고 마르티나를 안전하게 지켜주고 싶었다. 마르티나가 다치기 전에 내가 무언가를 할 수만 있었다면.

피가 멈추지 않았다. 마르티나의 눈빛에서 오래 버티지 못할 것이라는 걸 직감적으로 알았다. 그리고 그 사실을 마르티나도 알고 있는 듯했다.

"이곳에서 나가야 해, 루카. 너는… 살아야 해. 우리의 이야기를 전해줘. 내 죽음이… 그냥 사라지지 않게 해줘."

"마르티나, 죽지 마. 제발."

나는 마르티나를 품에 안고 토닥이며 울먹였다.

하지만 마르티나는 이미 숨을 멈춘 뒤였다.

22장

한 가지 깨달음

마르티나가 죽고 나서 내 몸에는 절망만이 남은 듯했다. 나의 일부가 죽은 것만 같았다. 송진 냄새가 날 때마다 마르티나 생각이 났다. 내 또래 군인이나 하늘, 혹은 소련 전투기를 볼 때에도 마찬가지였다.

소련 비밀요원은 마을 사람들이 대피한 사실에 분노를 느끼는 것 같았다. 그들은 숲에 불을 지르고 우리를 맹렬하게 추격했다. 도망치는 사람은 누구든 총으로 쐈다. 산에 폭탄을 떨어뜨리고 발견한 모든 사람을 사살했다.

우리가 산에 마련한 캠프는 넓은 지역에 퍼져 있었고 대부분 울창한 숲속에 감춰져 있었지만, 무차별적인 폭격 앞에서는 속수무책이었다. 소련군은 우리의 씨를 말릴 작정을 한 것 같았다.

몇 달 동안 일에 파묻혀 지냈다. 마르티나를 잊기 위해서가 아니라 마르티나의 말을 기억하기 위해서였다.

'루카, 너는 싸우는 사람이 아니라 낫게 하는 사람이야.'

나에게 여러 번 말해 준 그 말을. 소련군이 우리를 무자비하게 공격하는 가운데 부러진 사지를 맞추고 지혈을 하고 상처를 꿰맸다. 갈기갈기 부서진 마음도 이렇게 간단하게 치료될 수 있다면 얼마나 좋을까.

해가 저물 때까지 수많은 사람의 상처를 치료했다. 그렇게 1945년 봄이 되었다.

전쟁이 끝났다는 깜짝 놀랄 소식이 전해졌다. 히틀러가 자살했다.

신이 났다. 미친 사람 한 명이, 미친 지도자 한 명이 줄었다. 하지만 아직 스탈린이 남아 있었고 소련 비밀요원들이 있었다.

"루카, 이제 떠나도 좋아. 지금부터 우리는 다른 종류의 싸움을 시작할 거야."

어느 날 페트로가 나를 불러 말했다.

"하지만 저도 돕고 싶어요."

나를, 페트로가 나를 중요한 인력으로 생각하지 않았다는데 화가 났다.

"너는 아직 어려. 다른 일을 해야 해. UPA는 이곳에 남아 우리나라의 자유를 위해 목숨을 걸고 싸울 거야. 하지만 모두가 전사한다면 누가 우리의 이야기를 전하겠어? 스탈린이 그렇게 해줄까? 루카, 남아서 우리의 증인이 되어줘. 죽어서 입을 열 수 없는 모든 사람을 위해."

페트로의 말은 마르티나가 했던 말처럼 내 마음을 움직였다.

"하지만 제가 어떻게 해야 할까요?"

"이곳을 빠져나가서 살아남아. 서쪽으로 가. 우리 이야기를 해도 되는 때가 오면 알게 될 거야."

곰곰이 생각해보니 페트로의 말이 옳았다. 하지만 더욱 시급한 목표가 있었다. 조국을 위해 싸울 수 없다면 동쪽으로 가서 아버지를 찾아야 했다. 나는 얼마 되지 않는 짐을 싸서 키예프로 가기 전 페트로를 한 번 더 만났다.

"페트로, 살아남아서 우리의 이야기를 할게요. 하지만 그러기 전에 나는 키예프로 가서 아버지를 찾을 거예요."

페트로가 놀란 얼굴로 물었다.

"너의 아버지는 시베리아에 계시지 않아?"

"그랬어요. 하지만 전쟁이 끝났으니까 아마도 키예프로 송환될 거예요. 전쟁이 끝났기 때문에 키예프에 약사가 많이 필요할 텐데 아버지는 실력 있는 약사거든요."

"루카, 그렇게 간단한 일이면 좋겠구나. 하지만 아버지가 살아 계신지도 확실하지 않은 상황이야. 시베리아 강제 수용소는 나치의 수용소만큼 끔찍한 곳이야. 살아남은 사람이 거의 없어. 그리고 그곳에 수감된 포로가 풀려났는지에 대한 소식은 전혀 없었단다."

페트로가 내 어깨에 손을 올렸다.

"나는 그렇게 쉽게 아버지를 포기할 수 없어요."

"루카, 아버지를 포기하라는 말이 아니야. 때가 될 때까지 기다리는 게 좋아."

"저는 반군 역할을 성실하게 했어요. 나라를 위하느라 아버지를 찾는 일을 이 년이나 미뤘죠. 더 이상은 기다리지 못해요."

"루카, 정신 차려. 원한다고 다 되는 게 아니야. 언젠가 아버지를 찾을 수 있을 때가 올 거야. 나에게도 가족이 있어. 너의 마음을 내가 모른다고 생각하지 마. 하지만 지금은 네가 살아남는 게 우선이야. 지금은 키예프로 돌아갈 게 아니라 이곳에서 살아남아 역사의 증인이 되어야 해."

페트로는 깊은 한숨을 내쉬었다. 그런 페트로를 한 대 치고 싶었다. 그의 말이 옳다는 것을 알지만 받아들이기 쉽지 않았다. 나는 주먹을 꽉 쥐었다.

“좋아요. 서쪽으로 가겠어요. 우선은요.”

나는 돌아섰다. 밖으로 나와 애꿎은 나무를 주먹으로 세게 쳤다. 손에서 피가 흘렀다.

***

내가 다시 길을 되돌아 도망친 곳으로 향하리라는 사실은 상상도 하지 못했다. 페트로는 내가 두꺼운 옷을 입고 있는지 확인하고 음식을 넉넉하게 싸 주었다. 하지만 총을 주지는 않았다.

“이제 너는 민간인이야. 너에게 전쟁은 끝난 거야. 루카, 머리와 심장을 믿어. 그게 너에게 필요한 거야.”

익숙한 산과 숲을 되돌아가면서 마르티나가 생각나 마음이 무거웠다. 다람쥐나 시냇물을 보면 눈물이 흘렀고 비가 내리는 소리, 나뭇가지가 부러지는 소리에 걸음을 멈췄다. 이곳에서의 모든 기억은 마르티나와 함께였다.

언덕을 넘어가는데 젊은 남자 한 명이 지나가고 있었다. 초라한 옷을 입고 다 떨어진 신발을 밧줄로 친친 동여맸다. 유일한 짐은 작은 가방뿐이었다. 나는 마르티나가 나를 처음 보고 그랬던 것처럼 숨어서 그를 살펴봤다. 밤에는 그가 있는 곳의 가까운 나무 위로 올라갔다. 토끼 고기를 먹었나. 희미하게 냄새가 났다. 그 역시도 내 냄새를 맡는지 궁금했다. 계속 숨어서 그를 지켜봤다. 산에서 오래 지낸 소년 같았다.

다른 두 명의 여행자가 다가왔다. 남자와 여자다. 이들은 산에서 지낸 사람들 같지 않았다. 남자는 맨발에 피를 흘리고 있었고 옷은 다 해져서 너덜거리는 실에 천 조각이 이어진 수준이었다. 여자의 머리는 바짝 깎여 있었고 배지를 붙였던 곳에는 붕대를 붙여두었다. 강제 수용소의 OST 배지였을까, 아니면 죽음의 수용소의 노란 별이었을까.

이들은 함께 모여 캠프를 만들었다. 산 소년은 다른 두 명에게 토끼를 잡아 요리하는 법과 나무 열매를 따는 방법 등을 알려줬다. 나무 위에 숨어 있는데 고기 냄새가 올라와 배가 요동을 쳤다. 그동안 눈을 피해 숨느라 말린 음식과 물만 먹었었다. 나는 허기를 참고 끈질기게 기다렸다.

이들은 여섯 명의 무리를 만났다. 나는 계속 숨어서 지켜봤다. 새로 온 사람들은 옷도 나름 갖춰 입고 행색도 나쁘지 않았다. 내 생각에 독일인 같았다. 작은 가방만 매고 있는 산 소년이나 아무것도 없이 도망친 사람들과는 달리, 여섯 명의 무리는 커다란 배낭에 먹을 것을 잔뜩 가지고 다녔다. 밤에 산 소년이 불을 피우자 독일인들이 쿠키와 소시지를 꺼내 굽기 시작했다. 나무 위에서 이들의 음식 냄새를 맡고 나는 거의 미쳐버릴 뻔했다.

이들이 누워서 잠을 청한 뒤 나는 나무에서 살금살금 내려가 소시지 세 줄을 훔쳤다. 딱딱하게 굳은 소시지를 우걱우걱 씹으며 내 크래커를 가져갔던 마르티나를 생각했다.

이 사람들을 따라다니며 알게 된 사실은 라이히 영토가 붕괴되어 서로 다른 여러 지역으로 갈라졌다는 것이다. 이 지역은 각각 다른 연합 국가가 지배하고 있다고 했다. 헬무트 아저씨와 마가레테 아주머니의 농가가 있던 지역은 지금 소련 지역이라고 했다. 그곳에 가고 싶지는 않았다. 다른 난민들도 마찬가지로 악명 높은 소련군 지역으로는 발도 들이고 싶어 하지 않았다.

우리가 있는 곳에서 동남쪽으로 미국 지역이 넓게 펼쳐져 있다고 했다. 체코슬로바키아 국경 바로 뒤다. 이들이 가기로 결정한 곳은 그곳이었는데 나도 따라가기로 결심했다.

1945년 5월까지 이들 무리는 열두 명으로 늘어났고, 그 뒤로도 사람들이 계속 합류했다. 수백 명이 되었을 때 나는 더 이상 숨어다닐 필요가 없어졌다. 어느 날 자연스럽게 이들 뒤로 걸어가서 무리에 합류했다.

이들과 함께 체코슬로바키아 지역의 길을 걸었다. 주위에는 폭격을 맞은 집과 건물이 있었고 부서진 독일군 탱크와 트럭도 서 있었다. 매일 무리에 새로운 사람들이 합류했다. 강제 수용소에 붙잡혔던 사람들과 전쟁 포로들, 죽음의 수용소에서 살아남은 사람들이었다. 소련 군대와 독일 군대에서 도망친 사람들, 여기에 일반 사람들이 섞여 있었다. 나는 수천 명과 함께 걸으면서도 혼자 지냈다. 주변에서 다양한 언어가 섞인 대화를 들었다. 대부분은 알아들을 수 없었지만, 가끔 알아들을 수 있는 말도 나왔다. 이들의 대화에는 공통된 주제가 있었다. 사랑하는 사람들을 되찾고 안전한 곳으로 가는 것이었다.

어느 날 사람들과 함께 모닥불에 손을 녹이는데 익숙한 억양이 들렸다. 한 여자가 키예프로 가야 한다고 했다. 나는 소리가 난 쪽으로 시선을 돌려 누가 그 이야기를 한 건지 살펴봤다. 마르고 반백의 머리가 듬성듬성 빠진 여자가 꼬챙이에 감자를 끼워 불에 굽고 있었다.

나는 여자 옆으로 자리를 이동해 쪼그리고 앉았다. 여자가 나를 이상하게 쳐다봤다.

“얘야, 나는 음식을 나눠줄 수 없어.”

“저는 음식을 원하는 게 아니에요.”

여자는 그제야 나를 자세히 살펴봤다.

“너도 키예프에서 왔구나. 말투만 들어도 알 수 있지.”

"네. 하지만 오래전에 떠나왔어요. 아주머니는 어떠세요?"

"나는 끝까지 키예프에 있었어. 살아서 나온 몇 안 되는 사람 중 하나란다."

"그곳에 다시 가려고 해요. 아버지를 찾을 수 있나 해서요. 아버지는 시베리아에 끌려가셨어요. 그리고 독일 오스타베이터 캠프에 끌려가신 어머니도 찾고 싶어요."

여자가 나를 빤히 쳐다보다가 고개를 돌려 감자를 불에 골고루 구웠다.

"너의 엄마는 다시는 키예프로 돌아오지 못하실 거야."

"돌아오실 거예요. 우리 가족 모두 키예프에서 다시 만날 거예요."

"소련이 키예프를 지배하고 있어. 그들은 너의 엄마를 나치에 동조했다는 이유로 처형했을 거다."

불쌍한 사람. 전쟁으로 정신이 나간 것 같았다.

"엄마는 나치에 동조한 적이 없어요. 오히려 나치에 의한 피해자이시죠."

"스탈린이 그런 것까지 신경 쓸 것 같니? 누구든 나치 점령지에서 살아난 사람은 나치에 대항하지 않은 죄로 처벌하고 있어. 내가 왜 서쪽으로 도망친다고 생각해?"

"그러면 제가 어떻게 엄마와 아버지를 찾아야 할까요?"

그때 여자의 눈빛이 부드러워졌다.

"누가 알겠니. 하지만 키예프에서 찾을 수는 없어."

여자의 말에 완전히 동의하는 것은 아니었지만 논쟁을 하고 싶지 않았다. 나는 자리에서 일어났다. 물론 지금 키예프로 가는 것은 불가능할지 모른다. 하지만 나는 쉽게 포기하지 않을 것이다. 지금은 일단 서쪽으로 가야 한다. 리다나 엄마를 먼저 만날 수 있을지 모른다. 하지만 아무리 위험하다고 해도 나는 키예프로 돌아가서 아버지를 만날 것이다. 아버지가 집으로 돌아왔는데 아내와 아들을 만날 수 없는, 그런 끔찍한 생각은 하고 싶지 않았다.

***

나는 지치고 초라한 사람들과 함께 걸었다. 수적으로 안전한 것은 확실했지만 또한 비극도 존재했다. 사람들에게 주변국들의 상황을 전해 들었는데 마르티나의 나라가 황폐해졌다는 사실에 마음이 아팠다. 또한 키예프의 상황은 어떨지 걱정되었다.

몇 주 동안이나 걸어서 우리는 미군 트럭이 늘어선 평야에 도착했다. 군인들이 난민들에게 음식을 나누어주고 있었다. 의료진들은 도움이 필요한 사람들이 있는지 확인하며 돌아다녔다.

미군 한 명이 내게 오렌지를 주었다. 손가락으로 입을 가리키며 영어로 말했다. 키예프의 고급 식료품 가게에 진열된 오렌지를 창문 너머로 본 적이 있다. 한 번도 먹어본 적은 없지만. 오렌지를 받아 한 입 베어 물었다가 캑캑거렸다.

군인이 고개를 젓고는 자루에서 오렌지 하나를 더 꺼내 나처럼 베어 물었다. 하지만 삼키는 것이 아니라 껍질을 땅에 뱉어냈다. 그리고 엄지손가락을 밀어 넣더니 껍질을 벗겼다. 곧 잘 익은 과육을 떼어내 입에 넣었다. 나도 똑같이 했다. 놀랍도록 상큼하고 달콤한 향이 입안 가득 퍼졌다. 상상했던 맛 이상이었다. 나는 앉은자리에서 나머지를 다 먹어치웠다.

미군들이 와서 줄을 세웠다. 나는 무슨 일인지 궁금해서 여기저기 다니며 상황을 살펴보려고 애썼다. 앞줄에 책상이 죽 늘어서 있었는데, 책상마다 미군이 한 명씩 종이와 펜을 가지고 앉아 있었다. 그리고 그 옆에는 통역이 있었다.

미군들이 있는 곳에서 조금 떨어진 울타리가 처진 땅에 난민들이 줄지어 섰다. 나는 우크라이나어를 사용하는 사람들 줄에 서서 내 차례가 될 때까지 몇 시간을 기다렸다. 아까 먹은 오렌지가 자꾸 생각났다.

"어디서 왔나요?"

통역사가 우크라이나어로 물었다.

"키예프에서 왔어요."

"이름은?"

"루카 바루코비치입니다."

미군 사무관이 받아적었다.

"나이는?"

"열다섯 살이에요."

"전쟁 동안 무엇을 했니?"

UPA에 대해 말하려다가 멈칫했다. 소련은 연합 국가다. 이 미군이 소련과 정보를 공유하고 있지는 않을까? 통역사는 어떤 사람일까? 전쟁 동안 내가 한 일들은 소련 입장에서는 무척 의심스럽게 보일 것이었다. 나는 조심하면서 부분적인 사실만 말했다.

"강제 수용소에 있었어요."

통역사가 미군에게 영어로 무언가를 말했다. 그러자 미군이 종이에 도장을 찍어 나에게 내밀었다.

"통과."

23장

안전한 곳

난민 자격을 받은 뒤 직원들이 씻을 곳을 안내해주었다. 그러자 리다와 함께했던 강제 수용소에서의 첫날이 생각났다. 그때와 달리 샤워를 마치고 나오자 이를 방지하는 파우더, 부드러운 새 옷과 잘 맞는 신발이 지급되었다. 깨끗해져서 기분이 좋았다.

난민 수용소는 안전하고 음식도 풍부했지만 가끔은 낯설게 느껴졌다. 난민의 수가 너무 많아 식사가 제대로 배분되지 않을 때가 많았다. 며칠 동안 줄곧 베이크드 빈만 먹다가 그 다음에는 비프스튜 통조림을 데운 것만 먹었다. 그리고 그 뒤 며칠은 빵과 치즈만 먹는 식이었다. 그런 것은 상관없었다. 몇 년 동안 굶주리고 나니, 소금 간을 한 신발이라도 먹을 수 있을 것 같았다.

의료진들이 난민을 살펴보는 일도 힘들었다. 대부분의 난

민은 영양실조, 눈병, 폐렴 등 건강 문제가 있었다. 하지만 콜레라나 발진티푸스와 같은 전염병은 막아야 했다. 통역을 통해 도와주겠다고 제안했지만, 적십자 간호사는 그냥 웃기만 했다.

"우리가 여러분을 도울 거예요."

그날 오후 고장 난 트럭에 기댄 채 흰 빵을 먹고 있는데 그 간호사가 다가와 서툰 우크라이나어로 물었다.

"가족, 찾았어요?"

무슨 말을 하려는지 알 수가 없어 멀뚱히 서 있는데 간호사가 내 팔을 붙잡고 다른 적십자 건물로 데려갔다. 건물 앞에 긴 줄이 있었다.

"기다려."

그리고 간호사는 사라졌다. 줄 뒤에 서 있는데, 가만 보니 모든 사람이 우크라이나인들이었다. 다른 사람들의 이야기가 뚜렷하게 들렸다.

"여기는 뭐 하는 곳이에요?"

앞에 선 여자에게 물었다.

"적십자야. 그건 알지?"

"네, 적십자인 건 알아요. 하지만 이 건물은 병원이 아니네요."

여자는 빙그레 웃었다.

"이 건물은 병을 낫게 해주는 곳이 아니라 영혼을 치유해 주는 곳이야."

"무슨 말이에요?"

"저기 보이는 사람들이 네가 사랑하는 사람들을 찾아줄 수 있어."

그렇다면 엄마, 아빠, 리다를 찾을 수 있다는 뜻인가? 믿기 어려웠다. 내 차례가 될 때까지 초조해서 견딜 수가 없었다. 드디어 앞에 있던 사람들이 모두 흩어졌다. 책상 앞에 붉은 립스틱을 바른 젊은 여자가 앉아 있었다. 옷에는 이름표가 달려 있었는데 영어로 쓰여 있었다.

나는 손을 내밀고 우크라이나어로 말했다.

"제 이름은 루카 바루코비치예요. 제가 뭐라고 부르면 좋을까요?"

"내 이름은 진 스미스야. 위스콘신에서 왔어."

여자는 우크라이나어로 이야기하면서 옷에 달린 이름표를 가리켰다.

"그냥 제냐라고 불러."

"감사합니다. 제 부모님과 친구들을 찾아주실 수 있나요? 이름을 알려드릴게요."

"잠깐만."

제냐 누나가 책상에서 종이 몇 장을 꺼내 내 앞에 놨다.

"이곳에 네가 찾고 싶은 사람들의 정보를 적어야 해. 그러면 목록에 올려서 다른 전쟁 난민 수용소에 돌릴 거야. 그런 뒤 희망을 갖고 기다려보자."

앞에 놓인 종이를 집어 들고 가려고 하는데 제냐가 내 손을 잡았다.

"잘 될 거야. 이곳에서 서류를 작성하렴. 내가 도와줄게."

나는 아버지부터 시작했다.

"시베리아로 가셨다면 우리가 도와줄 수 없어. 나치 점령지에만 영향력이 있거든."

그 말에 마음이 아팠다. 물론 그들은 알지 못할 것이다. 나치를 꺾은 것이지 소련을 꺾은 것은 아니니까. 그러면 도대체 어떻게 아버지를 찾을 수 있을까.

"엄마는 오스타베이터 캠프로 끌려가셨어요. 그러면 엄마부터 적을까요? 라이사 바루코비치."

빈칸을 적어나가는 제냐 누나의 얼굴이 밝아졌다.

"그래. 어디로 가셨는지 알고 있니?"

"아니요. 하지만 언제 붙잡혀 가신 지는 알아요. 1942년 11월의 마지막 주에 키예프에서 붙잡혀 가셨어요. 엄마와 제가 동시에 붙잡혔는데 각각 다른 기차에 태웠어요."

"그 이야기가 도움이 될 것 같구나. 적어 둘게."

"그리고 리다 페레주크라는 아이를 찾고 있어요."

"가족이니?"

"아니요. 아주 친한 친구예요. 저와 같은 강제 수용소에 있었어요."

"동시에 풀려나지 않았고?"

"아니요."

그러고는 무슨 대답을 해야 할지 잠시 망설였다. 수용소에서 탈출한 것과 반군으로 싸웠던 시간은 말하고 싶지 않은 부분이었다. 하지만 다른 한편으로는 제냐 누나에게 가능한 많은 정보를 줘야 할 것 같았다.

"지도를 보여주시면 수용소가 어디에 있었는지 알려드릴 수 있어요."

제냐 누나는 라이히 영토가 나온 커다란 지도를 가져왔다. 마가레테 아주머니와 헬무트 아저씨가 위치를 알려준 것이 얼마나 다행이었는지.

"여기예요. 수용소는 이곳 어딘가에 있었어요. 근처 마을에 폭탄 공장이 있었고요."

나는 오데르강 근처의 한 지점을 손으로 가리켰다.

"그곳은 지금 소련군 지역이야. 하지만 그들이 점령했을 때에는 이미 수용소가 비어 있었고 폭탄 공장도 파괴된 후였지."

"무슨 말이에요?"

"설명하기 어렵구나. 어쨌든 정보를 잘 알려주었으니 나머지는 나에게 맡겨."

***

무언가를 기다리는 일은 참 어려웠다. 지금까지 살면서 가장 견디기 힘든 시간이었다. 그동안 스스로 결정을 내리고 행동하는 데 익숙해졌다. 그런데 이제는 다른 사람들이 내 문제를 해결해줄 때까지 기다려야 했다. 이들은 나에게 어떤 책임도, 할 일도 주지 않았다. 스스로가 무력하게 느껴졌다.

6월 한 달 동안 나는 다른 우크라이나 난민들을 찾아다녔다.

"리다 페레주크, 라이사 바루코비치를 아시나요?"

내가 물으면 사람들은 고개를 흔들고 자신의 가족이 적힌 종이를 내밀었다.

그 외의 시간은 줄을 서서 보냈다. 음식, 물, 비누, 샤워. 일단 줄이 보이면 뒤에 서서 무슨 줄인지를 물었다.

잘 곳을 찾는 일은 어려웠다. 조금의 빈 공간도 난민들이 차지하고 있었다. 사람들은 담요를 둘둘 말고 아무 곳에서나 잠을 잤다. 나는 어느 날은 감자 트럭 짐칸에서 잤고, 다음 날은 벽에 기대앉아서 잠을 잤다.

우리 캠프는 도로 위로 길게 줄지어 있었다. 나는 미국인들이 이렇게 많은 사람을 기꺼이 도울 마음을 가지고 있다는 점에 놀랐다. 하지만 이 도움이 얼마나 갈 것인가.

부모님이나 마르티나나 리다 없이는, 살아도 산 것이 아니다. 다른 사람들처럼 나는 캠프 안을 부지런히 돌아다니며 같은 질문을 반복했다. 리다 페레주크나 라이사 바루코비치를 아시나요? 이들이 어디 있는지 알고 있나요?

사람들은 가족을 찾는 종이를 캠프 입구에 붙이기 시작했다. 종이마다 가족을 찾는 정보와 쪽지의 주인이 있는 곳이 적혀 있었다. 바람이 불면 수많은 종이가 바람에 날려 거대한 털북숭이 괴물처럼 보이기도 했다. 나도 종이를 붙여두고 아침마다 캠프 입구를 돌아다니며 확인했다.

어느 날 수프를 받기 위해 줄을 섰는데 제냐 누나가 상기된 얼굴로 다가왔다.

"루카, 뭐 하고 있었니?"

"엄마와 리다를 찾는 종이를 붙이고 다른 종이들도 확인했어요."

"그러면 지금 바로 나를 따라와 봐. 소식을 들었어."

나는 제냐 누나를 따라 적십자 건물 뒷문으로 들어갔다. 그곳에는 직원 식당처럼 보이는 곳이 있었다.

"이곳에서 기다려. 금방 올게."

흰 셔츠 위에 적십자 배지를 달고 있는 남자가 치즈 샌드위치를 먹으며 의심스러운 눈으로 나를 쳐다봤다. 하지만 나가라고 하지는 않았다.

잠시 후 제냐 누나가 서류 봉투를 들고 돌아왔다. 내 맞은편에 앉아서 봉투를 열었다.

"14번 수용소에서 12명의 오스타베이터 수감자가… 참, 미국인들이 수용소마다 번호를 붙였어. 어쨌든 이 수감자들은 독일 바이에른으로 이송되었다가 4월에 미국에 의해 풀려났어. 정보에 따르면 그중 한 명의 이름이 리다 페레주크라고 해."

누나의 말에 너무 놀라서 한동안 대답을 못했다.

"리다가 살아있어요? 어디에 있는지 아시나요?"

"몸이 안 좋아서 며칠 전까지 오스트리아에 있는 미국 병원에서 치료를 받았대. 리다가 있던 난민 캠프에 데려다줄 수 있어. 이곳에서 멀지 않거든. 하지만 모든 사람이 캠프를 옮

겨 다니기 때문에 여전히 그곳에 있을지는 확신할 수 없단
다.”

24장

햇볕이 내리쬐는 헛간

제냐 누나는 적십자 밴에 나를 태워 데려다주겠다고 했다.

“물품도 함께 옮겨야 해. 그래야 너를 데려다주는 명분이 생기니까.”

도로에는 우리 캠프로 오는 사람들과 우리 캠프를 떠나는 사람들로 붐볐다. 사람들이 길을 막은 채 걷고 있어서 제냐 누나는 경적을 울리며 나아가야 했다. 일부는 길을 비켜줬지만 대부분은 자동차를 신경 쓰지 않았다. 주위는 커다란 가방을 들고 가는 사람들과 작은 손수레를 밀고 가는 사람들로 복작거렸다. 차로 가는 것보다 걸어가는 것이 더 빠를 지경이었다.

제냐 누나가 손가락으로 핸들을 초조하게 두드리더니 내 생각을 읽기라도 한 것처럼 말했다.

“네가 걸어간다면 길을 잃을 거야.”

그 말에 웃음이 나왔다. 내가 그동안 숨어 지냈던 산과 숲에 대해 이야기해 준다면 깜짝 놀랄 것이다.

천천히 나아가는 동안 창문 밖의 사람들을 봤다. 차체가 꽤 높아서 밖이 잘 보였다. 머리 색이 짙은 소녀를 볼 때마다 유심히 살폈다. 내가 리다의 캠프에 도착하기 전에 리다가 떠나서 길이 엇갈릴까 봐 불안했다.

"다 왔어."

드디어 도착했다. 이곳 캠프 입구에도 돌벽에 빼곡하게 붙은 종이가 바람에 휘날리고 있었다. 돌 틈에 핀으로 찔러 넣은 종이와 테이프로 붙인 종이가 뒤섞여 가족을 애타게 찾고 있었다.

"루카, 먼저 종이부터 확인해 봐야겠지? 행운을 빌어. 리다를 꼭 찾기를 바랄게."

"감사합니다."

나는 제냐 누나의 손을 굳게 잡은 뒤, 차 문을 열고 내렸다. 제냐 누나는 짐을 내리기 위해 차를 몰고 더욱 안으로 들어가면서 손을 흔들어주었다. 나는 종이를 읽기 위해 걸음을 멈추지 않았다. 그건 아무 때라도 할 수 있다. 지금은 리다를 찾아야 한다. 하지만 이렇게 많은 사람 사이에서 어떻게 리다를 찾을 수 있단 말인가.

우선 먼지 쌓인 도로를 걸어가면서 지나가는 사람들을 유심히 살펴봤다. 리다의 키가 더 컸거나 전과 달라 보이면 어떡하지. 내가 리다를 알아보지 못할까 봐 걱정이 되었다.

사람들을 자세히 보니 내가 있던 캠프에 비해 더 장기간 머무는 사람들이 많은 것 같았다. 아마 돌로 된 건물 경계에 아직 공간이 남아 있기 때문일 것이다. 지붕도 없는 곳에 사람들은 거처를 마련했다. 온전하지 않았지만 가족을 이룬 사람들은 광장 한쪽 구석에서 임시로 텐트를 치고 생활했고, 나머지 사람들은 보이지 않는 벽이 있는 것처럼 그냥 개방된 곳에 자신의 공간을 만들었다. 머리에 붉은 머리띠를 두른 여자가 불 앞에 쪼그리고 앉아서 프라이팬에 음식을 데우고 있었다. 어떤 노인은 돌벽 앞에 어린아이를 안고 앉아서 자장가를 불러주고 있었다.

사람들이 복작거리는 길 끝까지 걸어가서 또 다른 길로 접어들었다. 나는 멈추지 않고 계속 걸었다. 다양한 언어가 섞인 소음 속에서 가끔 우크라이나어가 들렸다. 그럴 때마다 걸음을 멈추고 리다 페레주크를 아느냐고 물었다. 하지만 아무도 리다를 안다고 대답하지 않았다.

밤이 되어 아무것도 보이지 않을 때까지 계속 리다를 찾아다녔다. 제냐 누나가 잘못된 정보를 알고 있었던 것이 아닐까? 아니면 리다가 이곳에 있었지만 중간에 다른 캠프로 이동했을지도 모른다. 리다를 못 만날 수도 있다는 생각에 슬픔과 무력감이 밀려왔다. 나는 허물어져 가는 벽 앞의 풀이 난 바닥에 앉아 불편하게 잠이 들었다.

다음 날 아침 일찍 누군가 내 어깨를 붙잡았다.

"얘야, 괜찮니?"

눈을 떴다. 턱이 길고 머리가 반쯤 센 아주머니가 빵 반쪽을 내 손에 쥐어주었다.

"빵을 더 먹고 싶으면 저쪽에 줄이 있어."

나는 빵을 쳐다보고 다시 아주머니를 봤다. 낯선 아이에게 친절하게 대해주는 마음이 고마웠다.

"감사합니다."

"새로운 하루가 시작됐어. 시간을 낭비하지 마."

그리고 아주머니는 갔다. 나는 손에 들린 빵을 한 입 베어 천천히 씹었다. 아주머니의 말이 맞다. 일어나서 리다를 찾을 시간이다.

벌떡 일어나서 어제 지났던 길을 다시 천천히 걸었다. 지나는 사람들에게 리다 페레주크를 아느냐고 물었다. 모두가 고개를 흔들었다. 어제와 달라진 것이 없었다.

그때 한 여자가 말했다.

"우크라이나 성당에 가서 물어보지 그러니? 조만간 고국 사람들이 다 모일 것 같구나.”

“성당이 있어요?”

“이 지역은 원래 수녀원이었어. 본당과 경당은 부서졌지만 힘을 모아 가장 아름다운 성당을 다시 짓고 있지. 저쪽이야.”

여자는 캠프가 끝나는 지점의 나무가 무성한 언덕 밑 헛간을 가리켰다. 나는 냉큼 달려갔다. 가까이 가 보니 의문이 들었다. 건물이 기울어져 당장이라도 무너질 것 같았다. 하지만 성당 문까지 반듯하게 난 길이 있었고 또 문이 열려 있어서 일단 안으로 들어갔다.

지붕에 난 구멍으로 햇빛이 비쳐 들어왔다. 통조림을 쌓은 두 개의 다리 위로 거친 목재 상판이 올려진 채 제단 역할을 하고 있었다. 제단 가운데 오래된 성모 마리아상을 보자 숨이 멎을 것 같았다. 빼앗겨 다시는 되돌려 받을 수 없을 것 같았던 물건이었다. 하지만 이 성모 마리아상은 기적처럼 다시 우리에게 돌아왔다.

제단 앞에 금발의 작고 마른 소녀가 무릎을 꿇고 있었다. 아, 나도 모르게 탄성이 나왔다. 소녀의 모습이 익숙했다. 분명히 본 적이 있다. 숨이 턱 막혔다. 리다! 리다가 성모 마리아상에 기도를 하면서 이름들을 읊조리고 있었다. 그중 하나는 내 이름이었다.

나는 당장이라도 달려가 리다를 안고 싶었지만, 기도를 방해하고 싶지 않았다. 대신 조용히 서서 리다를 지켜봤다. 리다는 튼튼한 가죽 부츠를 신고 있었는데, 문득 마르티나의 부츠가 생각났다. 포스톨리 대신 신은 마르티나의 부츠.

리다가 성호를 긋고 일어나는데 반가움과 염려가 뒤섞였다. 나를 만나게 되어 기뻐할까, 아니면 내가 리다를 두고 도망쳐 나온 일에 화를 낼까.

기도를 마친 리다는 일어나다가 휘청거리더니 넘어졌다. 나는 재빨리 달려가서 리다의 팔을 잡았다.

"내가 도와줄게."

리다는 햇빛에 눈을 찡그리며 나를 살펴봤다.

"루카? 루카구나!"

"사람들이 이곳에서 너를 찾을 수 있을 거라고 말해줬어."

리다의 볼에 키스를 하고 싶었지만 놀라게 하고 싶지 않았다. 대신 리다 앞에 무릎을 꿇고 리다의 팔을 내 어깨에 둘러 일으켜주었다.

"리다, 너를 다시 만나서 정말 기뻐."

리다는 내 목에 팔을 두르고 내 어깨에 머리를 기댔다. 내 인생에서 가장 행복한 순간이었다. 하지만 그때 울음소리가 들렸다. 나를 만나서 기쁘지 않은지 걱정이 됐다. 리다는 눈물을 닦으며 말했다.

"네가 탈출한 날 밤의 꿈을 꿨어."

리다는 화가 난 게 아니었다. 단지 슬퍼하고 있었다. 나도 줄곧 리다 생각을 해왔다. 어쩌면 우리는 동시에 서로에 대한 생각을 했는지 모른다.

"너를 두고 가고 싶지 않았어."

리다는 내 목에서 팔을 풀고 내 눈을 바라봤다.

"그때 떠나지 않았다면 지금 살아있지 못했을 거야."

"너는 어떻게 살아남았어?"

리다의 눈에 다시 눈물이 고였다.

"결코 쉽지 않은 과정이었어. 때로는 그들에 맞서야 했지."

어떻게 맞섰는지 때가 되면 물어볼 것이다. 하지만 지금은 아니다. 대신 우리는 함께 알고 있던 친구들에 대해 이야기했다.

"동생은 찾았니?"

리다는 고개를 저었다.

"아직. 너는? 부모님을 찾았어?"

"아니. 하지만 미국 적십자에서 엄마를 찾을 수도 있다고 했어. 먼저 너를 찾아줬고."

리다가 웃었다.

“나를 찾아와줘서 정말 기뻐.”

“가장 걱정이 되는 부분은 아버지야. 시베리아에 끌려가셨는데 적십자에서 그곳으로 연락할 수 없대.”

리다는 내 얼굴에 내려온 머리카락을 쓸어주었다.

“곧 상황이 바뀔 거야.”

우리는 교회 밖으로 나와 함께 걸었다. 리다의 손을 잡고 싶었지만 리다도 그러길 원하는지 알 수 없었다. 우리는 이야기를 하며 걷고, 걸으며 이야기를 했다. 모든 이야기가 다 기억이 나지 않을 정도였다. 그냥 리다와 함께 있는 것이 너무 좋았다. 평생 리다와 함께할 수 있다면 정말 행복할 것 같았다.

***

이후 며칠이 지나고 몇 주가 지나는 동안 나는 매일 리다와 함께 지냈다. 우리는 다른 가족들이 임시 거처를 마련하는 일을 도왔고, 다친 사람들에게 응급 처치를 했으며, 어린아이들에게 게임을 가르쳐주었다. 아이들이 웃고 떠들면서 뛰어다니는 모습이 보기 좋았다. 우리가 경험한 공포가 지나간 자리에 아이들의 웃음이 선물처럼 들어찼다.

리다는 예전에 다리를 크게 다쳐서 가끔 넘어지곤 했다. 어느 날 리다의 양말이 발목까지 내려가서 상처를 보게 됐다.

큰 상처를 입어 걷는 게 불편하면서도, 웃는 얼굴을 보이는 리다가 대단해 보였다.

밤이 되면 나는 아직 가족을 찾지 못한 내 또래 남자아이들과 함께 잠을 잤다. 우리는 운동장 뒤편에 있는 건물의 작은 방을 차지해 그곳에서 지냈다. 잘 공간이 절대적으로 부족한 캠프에서 이 방을 사용할 수 있었던 이유는 돌이 가득한 곳이었기 때문이다. 우리는 힘을 합쳐 돌을 밖으로 치우고 사용할 물품과 침구를 가져다 놓았다.

매일 아침 나는 일어나자마자 리다에게 갔다. 함께 적십자로 가서 줄을 섰다. 리다는 아직 동생 라리사를 찾고 있었고, 나도 엄마에 대한 소식이 있는지 확인했다. 마음속 깊이 아버지도 찾기를 바라는 희망을 품었다. 최근 시베리아에 붙잡혀 간 사람들에 대한 소문을 들었는데 그들이 난민 캠프에 나타났다고 했다.

리다의 동생 라리사는 다섯 살 때 붙잡혀 갔다. 지금까지 살아남았을까? 리다에게 묻지 못할 질문이다. 리다는 내가 부모님에 대한 희망을 갖고 살아가는 것처럼 동생을 찾을 수 있다는 희망을 가지고 살아간다.

우크라이나 어른들은 학교를 세우고 아이들에게 다니라고 했다. 나는 반군에 오랫동안 가담했기 때문에 학교는 더 어린

아이들이 가야 한다고 생각했다. 나이는 열세 살에 불과하지만 폭탄을 만들고 수술을 보조하고 나라를 지켰다. 그런데 이제는 어린아이들과 함께 의자에 앉아서 영어 문법을 배우라니, 화가 났다.

"하지만 우리는 영어를 배워야 해. 영국이나 캐나다, 미국으로 가게 된다면 영어를 사용해야 해."

투덜대는 나에게 리다가 말했다.

"고향으로 돌아가고 싶지 않아?"

"가고 싶어. 먼저 라리사를 찾는다면. 그리고 돌아갈 고향이 있다면."

25장

다시 고국으로

눈 깜짝할 사이에 시간이 흘러 무더운 8월로 접어들었다. 우리는 난민 캠프에서 지내는 일상에 어느 정도 적응해 나갔다. 어느 날 아침 낯익은 소련 적군파 군인들이 교실에 나타났다. 모든 학생이 자리에 앉을 때까지 이들은 종이를 만지작거리며 서성거렸다. 세모니어 선생님이 평소처럼 몇 분 늦게 교실에 들어오셨다가 이들을 보고 깜짝 놀랐다.

"무슨 일인가요?"

이들 중 한 명이 일어나 앞으로 나왔다. 진심 어린 미소에 마음이 조금 놓였다.

"학생들에게 몇 가지 질문을 하고 싶습니다."

세모니어 선생님은 잠시 망설이다가 입을 열었다.

"그러시다면 잠깐 시간을 드리죠."

군인은 교실 앞으로 나와서 우리 얼굴을 찬찬히 살피며 손에 든 종이를 폈다.

"우리는 지금 호명하는 사람들의 가족에 대한 정보를 가지고 왔다. 타라스 멜란코비치."

아무도 대답하지 않았다.

"미콜라 보이코?"

아무도 대답하지 않았다.

"이반 타타린?"

아무도 대답하지 않았다.

"코스트 쵸르니야?"

교실 뒤편에 앉은 소녀가 손을 들었다.

"코스트 쵸르니야는 지금 여기 없어요. 하지만 이 캠프에서 지내고 있어요."

"어디에 가서 찾을 수 있는지 알고 있니?"

"주방에서 일을 돕고 있어요. 가 보세요."

군인은 가슴에 달린 주머니에서 펜을 꺼내 종이 위에 표시를 했다. 그리고 명단을 다시 읽기 시작했다.

"루카 바루코비치?"

순간 교실의 모든 사람이 나를 쳐다봤다. 나는 자리에서 일어났다. 군인이 환하게 미소를 지었다.

"루카, 만나서 반갑다. 키예프 출신 약사인 볼로디미르 바루코비치 씨를 찾았어. 너의 아버지니?"

"네, 맞아요. 아버지는 지금 어디 계세요?"

나는 순간 귀를 의심했다.

"키예프에. 제4번 주립 약국에 약사장으로 부임하셨어. 네가 고국으로 돌아오기를 기다리고 계신단다."

"하지만 당국에서 저를 반역자라고 생각하지 않을까요? 저는 나치 수용소에 붙잡혀 간 적이 있어요."

"소식 못 들었니? 요즘 스탈린이 그런 사람들을 사면 중이야."

"제 엄마에 대한 소식도 있나요?"

군인이 종이를 들여다봤다.

"라이사 바루코비치, 맞아?"

나는 고개를 끄덕였다.

"엄마를 찾고 있단다. 살아계시다면 찾아서 본국으로 소환할 거야. 네가 할 수 있는 최선의 일은 지금 당장 키예프로 돌아가서 아버지와 함께 기다리는 일이야. 짐을 싸서 내일 아침 정문에서 보자."

나는 너무 기뻐서 리다에게 당장 달려가 이 소식을 전하고 싶었다. 하지만 리다는 아직 수업 중이었다. 그래서 숙소에 가서 얼마 되지 않는 짐을 챙겼다. 아버지가 살아계시다니 꿈만 같았다. 그리고 그들은 엄마도 찾고 있다고 했다. 하지만 아직 동생을 찾지 못한 리다는 어떻게 되는 걸까. 이제 겨우 리다를 찾았는데…, 또다시 리다를 두고 갈 수는 없다.

나와 함께 키예프에 가자고 설득하고 싶었다. 리다의 부모님은 모두 돌아가셨기 때문에 그게 가장 좋은 방법일 것 같았다. 미국 적십자와 소련 적십자가 정보를 공유해서 라리사를 찾는 중이니 적십자에 키예프의 우리 주소를 남길 수 있을 것이다. 라리사를 찾으면 라리사도 우리와 함께 살면 된다. 모두가 행복해질 수 있는 계획이다.

점심시간이 되어 리다가 교실에서 나왔다. 리다 옆에 앉아 수프를 먹으며 아침에 있었던 일을 들려줬다. 그런데 리다가 전혀 기뻐하지 않았다. 오히려 겁에 질린 표정이었다.

"나는 그 군인들을 믿지 않아. 선생님께서 고향으로 돌아가려다가 안 좋은 일을 당한 사람들의 이야기를 해주셨어. 스탈린이 그런 짓을 저질러놓고, 이제 와 사람들을 사면할 거라고 생각하는 거야?"

"나를 돌아가게 하려는 자들이 소련 비밀요원이라면 걱정이 되겠지만 그들은 적군파였어."

리다는 별로 믿지 않는 것 같았다. 그런 태도에 속이 상했다. 키예프에 있을 때 그리고 반군으로 활동할 때 이들이 얼마나 다른지 겪어봐서 잘 알고 있다. 적군파 군인들은 징집당한 자들이다. 군인이 되기 전에는 평범하게 살던 사람들이다. 하지만 비밀요원들은 독일의 게슈타포와 같다. 훈련을 받은 전문 요원들이다.

"네가 나치와 너무 오래 지내서 그렇게 생각하나 보다."

나는 말끝을 흐렸다. 하지 말았어야 할 말인 것을 알았지만 때는 늦었다. 리다는 입을 굳게 다물고 잠시 아무 말도 하지 않았다. 다만 주먹이 하얘지도록 꼭 쥐었다.

"나에게 그렇게 심한 말을 하다니."

"미안해. 그런 뜻이 아니었어. 하지만 반군으로 활동할 때 모두를 동등하게 대해야 한다고 배웠어. 소련 군인들도 마찬가지야. 그들도 전쟁 후에 도시를 재건할 일꾼이 필요하지 않겠어? 이들이 사람들에게 원한을 가진다는 것은 말도 안 돼."

"나는 어떻게 해? 너는 이 년 동안이나 다른 곳을 돌아다녔어. 너와 다시 헤어질 수 없어."

리다의 눈에서 눈물이 흘렀다. 나는 수프 그릇을 바닥에 내려놓고 리다의 손을 잡았다.

"리다, 나와 함께 가자. 부탁이야. 우리가 이곳에서 나간다고 해도 적십자에서 라리사와 우리 엄마를 계속 찾을 거야. 그리고 라리사를 찾게 되면 그때 키예프에서 만나면 되잖아."

리다는 잠시 아무 말이 없었다. 한숨을 내쉬었다.

"나는 그들을 믿지 않아. 그들이 너에게 거짓말을 하고 있는 것 같아."

나는 전혀 그렇게 생각하지 않았다. 내가 지금 당장 아버지를 만나러 가는 일이 얼마나 중요한지 리다가 알아주기를 바랐다. 아버지는 나를 기다리고 계신다. 아버지는 나에게 고국으로 오라고 하셨다. 내가 지금 가지 않는다면 다시는 기회가 없을지 모른다. 그러나 리다는 믿을 수 없을 정도로 완고했다. 계속 소모적인 논쟁을 하고 싶지 않았다.

"내일 아침에 떠나려고 해. 그래야만 해, 리다. 부디 이해해줘."

왜 리다는 기뻐하지 않는 것일까. 이제야 겨우 아버지에 대한 소식을 듣게 되었는데. 이것이 얼마나 중요한 일인지 알지 못하는 것일까.

"나에게 작별인사를 해주든지, 아니면 나와 함께 가줘. 네가 선택해."

리다는 아무 말이 없었다. 나는 수프 그릇을 집어 들고 일어났다. 뭐라고 말해야 할지 몰랐다.

"다음에 보자."

마음이 편하지 않아서 괜히 캠프 안을 여기저기 돌아다니며 시간을 보냈다. 예전의 삶이 그리웠다. 고국으로 돌아가서 키예프를 돕고 싶었다. 리다가 나와 함께 갈 수만 있다면 얼마나 좋을까.

***

나는 동이 트기 전에 일어나서 정문 쪽으로 걸어갔다. 리다가 나와 함께 가줄까? 함께 갈 수 있기를 간절히 희망했다. 다시 리다와 헤어지고 싶지 않았다. 리다는 이제 나에게 가족이니까. 그때 뒤에서 발소리가 났다.

"루카, 너도 집에 가니?"

뒤를 돌아보니 주방에서 일하는 코스트 쵸르니아 아저씨가 있었다. 내 가방 뒤에 자신의 가방을 놓았다.

"네."

"별로 기뻐 보이지 않는구나."

"제 친구 리다 때문에요. 저는 우크라이나로 돌아가고 싶은데 리다는 이곳에 있고 싶어 해요."

"한번 가서 찾아보지 그러니? 아직 여섯 시도 안 됐어. 내가 가방을 맡아줄게."

리다가 머무는 곳에 갔을 때 리다는 막 문으로 나오던 참이었다. 눈이 빨갛게 부어 있었고 피곤해 보였다. 가방은 들고 있지 않았다.

"함께 가지 않기로 결정한 거야?"

"배웅해줄게. 나는 이곳에 남으려고 해. 잘 지내길 바라."

나는 한참 동안 리다를 쳐다보기만 했다. 내가 지금 아버지를 만나러 가는 일이 무척 중요하다는 것을 왜 이해하지 못할까. 리다는 나의 미래에 대해서 전혀 신경 쓰지 않는 것 같았다. 소리 내서 묻고 싶었지만 이런 논쟁으로 리다와의 추억을 망치고 싶지 않았다. 우리는 아무 말도 하지 않고 캠프 정문으로 걸어갔다. 그곳에는 코스트 아저씨 외에 두 명이 더 있었다.

"나는 타라스 멜란코비치, 이쪽은 내 사촌 이반 타타린이야."

한 남자가 손을 내밀었다. 리다는 이 사람들도 고국으로 간다는 사실에 놀란 눈치였다. 이제라도 마음을 바꿔 나와 함께 떠나줄까? 그러겠느냐고 묻고 싶었지만 때마침 리다네 반을 맡은 젬루크 선생님이 도착했다. 선생님이 리다의 어깨를 붙잡았다.

"리다, 안 돼."

리다는 한숨을 쉬고는 나를 쳐다봤다.

"루카, 나는 너와 함께 가지 않을 거야. 우리가 영원히 함께하기를 바라. 그리고 지금은 나와 함께 이곳에 남아주면 좋겠어."

"리다, 나는 이곳에 남지 않을 거야. 이곳에서 그냥 가만히 있을 수는 없어."

"나도 너와 함께 갈 수 없어."

리다는 결국 결정을 내렸고 우리는 이렇게 헤어지게 되었다. 나는 마지막으로 리다를 안아주었다.

"건강하게 지내. 내 마음의 가족, 리다. 언젠가 동생을 만나게 되면 꼭 나를 찾아와."

"그럴게."

리다가 목이 메어 겨우 말을 이었다. 그때 적군파 트럭이 왔다. 어제 교실에 나타났던 군인들이 내렸다. 손에 클립보드를 들고 이름을 체크하다가 리다를 쳐다봤다.

"너는 누구지? 오늘 우리와 함께 갈 거니?"

리다가 입을 열었지만 아무 소리도 나오지 않았다. 순간 리다가 마음을 바꿨는가 싶었다. 리다는 눈을 깜빡이더니 말했다.

"아니요. 저는 동생을 찾아야 해요."

리다는 무언가를 더 말하려고 했지만 젬루크 선생님이 리다의 어깨를 꽉 잡고 말했다.

"아이들은 얌전히 있어야 해요."

리다는 애원하는 눈빛으로 나를 쳐다봤다.

"루카, 제발 부탁이야. 이곳에 나와 함께 있어줘."

리다는 끝까지 나를 이해해주지 않았다. 우리의 상황이 반대였더라도 리다는 가족을 찾으러 떠나지 않고 나와 함께 있으려 했을까. 왜 나와 함께 떠나려 하지 않는 걸까. 그렇게만 해준다면 모든 일이 계획대로 진행될 것 같았다. 하지만 수많은 의문을 뒤로하고 리다의 손을 잡았다.

"리다, 미안해. 나는 고국으로 가야 해. 아버지가 나를 기다리고 계셔."

나는 트럭 뒤에 올라탔다. 쵸르니아 아저씨와 다른 두 명이 내 뒤를 따랐다. 트럭이 출발하자 천막 밖으로 보이는 리다가 점점 작아졌다.

26장

화물

길이 온통 난민으로 북적북적할 줄 알았는데, 우리가 가는 방향에는 인적이 드물었다. 트럭 운전병이 소련 국가를 흥얼거리며 도로에 움푹 파인 곳이나 진흙탕을 이리저리 피해서 운전했다. 몇 킬로미터쯤 지나자 길가에 차를 세우더니 우리에게 밖에 나와 신선한 공기를 마시도록 해주었다.

"나는 유리라고 해. 차에 맛있는 칼바사(마늘이 들어간 동유럽의 소시지)와 숙성한 치즈가 있어."

그는 배낭을 뒤져 칼바사 한 줄과 치즈를 꺼냈다. 그리고 주머니에서 칼을 꺼내 음식을 잘라 우리에게 나눠주었다. 우리는 칼바사와 치즈를 먹고 농담을 하며 웃었다. 고국으로 돌아가기로 한 결정이 잘한 일이었다는 생각이 들었다.

"루카, 예전에 오스타베이터 수용소에서 탈출한 적이 있지?"

유리가 나에게 칼바사를 더 잘라서 내밀었다. 나는 치즈와 소시지를 삼키다가 목에 걸린 느낌이 들어 멈칫했다.

"잘못을 따지려는 게 아니야. 긴장하지 마. 그 뒤에는 뭘 하며 지냈어?"

나는 유리를 다시 살펴봤다. 적군파 군복을 입고 있지만 의심을 품는 모습이 소련 비밀요원 같았다. 페트로는 언젠가 UPA에 대해 이야기할 때가 올 것이고, 그때를 내가 알 것이라고 했다. 하지만 확실히 지금은 때가 아니었다.

"숲에 숨어 지냈어요."

"그렇군. 네가 이런 식으로 나온다면, 좋아. 트럭으로 돌아갈 시간이야."

트럭이 다시 달리기 시작하자 코스트 아저씨가 나에게 다가와 속삭였다.

"루카, 너 우크라이나 반군에 있었지?"

그 물음에 깜짝 놀랐다. 나는 대답을 하지 못하고 머뭇거렸다.

"나도 거기 있었어. 폴리시아 숲 부대에."

그는 몸을 잔뜩 수그린 채 물었다.

"타라스, 이반, 자네들도 반군에 있었어?"

이반 아저씨는 고개를 저었다.

"나는 강제 수용소에서 채석장 일을 했어."

"나는 오스타베이터 수용소에 있다가 미군이 오자마자 풀려나 이곳 난민 캠프로 왔네."

타라스 아저씨가 대답했다.

우리는 더 이상 아무 말도 하지 않았다. 나는 눈을 감고 잠을 청했다. 잠시 후 트럭이 멈추고 유리가 천막을 걷었다. 오래된 기차역 앞이었다. 벽돌과 돌로 지은 건물에는 폭격을 받은 흔적이 있었다. 그래도 바닥이 깨끗하게 치워져 있었고 가끔 기차도 지나가는 듯했다. 역에는 미군과 소련군이 양옆으로 배치되어 있었다.

"안으로 들어가. 소련 지역은 저 문 바로 뒤에 있어."

유리가 말했다. 우리는 건물로 들어갔다. 내가 마지막으로 들어가 문을 닫자, 유리가 있는 힘껏 내 배를 세게 때렸다. 나는 배를 붙잡고 바닥에 쓰러졌다.

"다음에는 빨리빨리 다녀."

유리는 허리춤에서 권총을 뽑아 구석을 가리켰다.

"저쪽에 가서 서."

코스트 아저씨가 내 팔을 잡고 일어서는 것을 도와주었다. 건물 구석으로 가면서 갑작스러운 변화에 어안이 벙벙했다. 시간이 조금 지났지만 나는 아직도 숨이 가빴다.

문이 다시 열리고 사람들이 들어왔다. 대부분은 남자였고 여자 두 명에 아이 세 명이 함께 있었다.

"저쪽 구석에 함께 서."

이 사람들을 데리고 온 군인이 명령했다.

우리는 영문을 몰라 모두 가만히 서 있었다. 군인들의 갑작스러운 태도 변화에 소름이 돋았다. 그리고 다음에는 어떤 일이 벌어질지 두려웠다. 다시 문이 열리고 세 번째 사람들이 들어왔다. 내 또래 아이들 여섯 명으로 두 명은 여자아이였다. 그중 아는 얼굴이 있었다. 빅토르와 내가 나치 죽음의 수용소에서 구해준 소년 안드리. 이들도 우리 옆에 와서 섰는데 안드리가 바로 내 얼굴을 알아봤다. 군인들이 자기들끼리 이야기하는 틈에, 몰래 안드리 쪽으로 다가가 속삭였다.

"안드리, 너를 이곳에서 보게 되는구나. 아직 마을에 가족이 있어?"

"내가 이곳에 온 게 아니야. 나를 붙잡아서 트럭에 던져버렸어. 여기서 나가야 해."

소련 군인 몇 명이 더 들어와서 여기저기 돌아다니다가 유리와 농담을 했다. 회색 소련 비밀요원 제복을 입고 클립보드를 들고 있는 사람이 대장 같았다.

"이름이 호명되면 앞으로 나온다. 코스트 쵸르니야, 타라스 멜란코비치, 스테판 마룬챠크….”

여섯 명이 앞으로 나갔다. 이들은 모두 40대 혹은 그 이상 되어 보였다. 한 명은 여자였다.

“너희는 모두 조국의 배신자다. 변절에 대한 대가를 치르게 될 것이다.”

비밀요원이 낮고 단호한 목소리로 말했다. 그리고 사람들에게서 시선을 거두지 않은 채 한 손을 들어 손가락을 까딱했다. 유리와 다른 군인들이 일렬로 서서 앞에 선 여섯 명의 얼굴에 주먹을 날리고 머리채를 잡아 무릎으로 찍었다. 호명된 여섯 명 중 유일한 여자는 머리채를 붙잡힌 채 옆구리를 걷어 차였다. 나는 공포에 질린 채 군홧발에 짓밟히는 코스트 아저씨의 얼굴을 봤다.

“너저분하군. 밖에서 끝내.”

비밀요원 대장이 말했다. 군인들은 이들의 멱살을 잡고 우리가 들어온 문 밖으로 끌어냈다. 잠시 후 여섯 발의 총성이 울렸다.

나는 극도의 공포와 충격을 느꼈다. 때리는 것도 나쁘지만 이것은 사람의 목숨을 파리만도 못하게 여기는 것이다. 이제 어떻게 해야 할까. 안드리가 내 쪽으로 다가왔지만 나는 제자리에 얼어붙은 채 겨우 숨만 쉬고 있었다.

문이 열리고 군인들이 다시 들어왔다. 소름 돋게도 얼굴에 웃음기가 가득했다. 한 소녀가 비명을 지르기 시작했다.

"계속해. 너희 모두 소리를 지르고 싶으면 질러."

비밀요원이 우리 앞에 섰다.

"너희는 소련 구역에 있다. 미군에서 소리를 듣겠지만 그들은 너희를 구하러 올 수 없어."

군인들이 우리에게 다가왔다. 나는 머리를 맞고 바닥에 쓰러졌다. 묵직한 군화가 옆구리를 강타하고 누군가 내 가방을 손에서 낚아챘다. 또 다른 사람은 부츠를 벗겼다.

"너희에게 이제 이런 건 필요 없어."

문 안에 있는 우크라이나인들은 모두 정신없이 얻어맞았다. 여자와 아이들도 예외는 없었다. 피가 튀고 사람들은 바닥에 나뒹굴었다. 그리고 나는 정신을 잃었다.

***

눈을 떠보니 주위가 덜컹거리고 있었다. 일어나 앉으려 했지만 머리가 빙빙 돌았다.

"여기가 어디예요?"

"시베리아로 가는 기차 안."

한 여자가 힘없는 목소리로 대답했다.

눈이 어둠에 익숙해지자 화물칸 안에 나와 함께 맞은 사람들이 보였다. 맞아서 눈이 부어오른 한 여자는 구석에 앉아 우는 아이를 품에 안고 노래를 불러주었다. 몇몇 남자들은 일어서서 무언가 이야기를 했다. 안드리는 내 근처에 앉아 있었는데 이상한 각도로 틀어진 팔을 붙잡고 있었다. 나는 몸을 일으켜 안드리에게 물었다.

"팔이 부러졌어?"

"그런 것 같아."

팔을 만져보자 손목 위 척골이 어긋나 있었다. 다행히 부러진 뼈가 피부를 뚫고 나오지는 않았고 그 옆에 요골도 괜찮은 듯 싶었다. 하지만 부러진 뼈가 똑바로 자리를 잡지 못해서 잘 붙이지 않는다면 제대로 낫지 않을 수 있었다. 미리 경고하지 않고 안드리의 팔을 잡아당겨서 부러진 끝을 맞췄다. 안드리가 마구 비명을 질렀다.

"누구 막대기 같은 것 없어요?"

내가 물었다. 남자들이 말을 멈췄다. 아이 엄마가 노래를 그쳤다. 아이는 계속 칭얼거렸다.

"그들이 모든 것을 다 가져갔어. 어디에 막대기가 있겠니?"

여자가 말했다.

"안드리의 팔을 고정시킬 무언가가 필요해요."

한 남자가 셔츠에서 편지 다발을 꺼냈다. 마지막으로 편지를 살펴보는 눈에 눈물이 글썽거렸다. 한숨을 내쉬고는 편지를 단단하게 말아서 건넸다.

"나는 미콜라야. 이걸 부목으로 써."

누구에게 받은 편지였을까. 부인이나 아이들, 사랑하는 가족이었을 것이다.

"감사합니다. 이제 천 조각도 필요해요."

구석에 있던 여자가 치마 아랫단에서 천을 조금 잡아 죽 찢어서 내밀었다. 나는 안드리의 팔에 돌돌 만 편지를 대고 치맛단으로 동여맸다. 안드리가 고통스러운 표정으로 사람들에게 감사 인사를 했다.

한 남자가 나에게 다가왔다.

"저 아이를 도와주어 참 고맙구나. 우리가 저쪽에서 회의를 하고 있는데, 너도 한마디 하면 좋겠구나."

다른 사람들이 고개를 끄덕였다.

"나는 기차에서 탈출하려고 해. 저곳이 문인데 못으로 박혀 있어. 함께 저 문을 열어보자."

미콜라 아저씨가 벽 앞의 한 지점을 가리켰다. 나는 그쪽으로 가서 벽을 유심히 살펴봤다. 열린 흔적이 있었다. 하지만 지금 그 위로는 나무가 덧인 채 못질까지 되어 있었다.

"우리가 붙잡혀 올 때 밖에서 저 문을 봤어. 철조망으로 덮여 있는데, 조금만 힘을 쓰면 나갈 수 있을 거야. 그리고 이 화물칸 밖에서 조금만 이동하면 다른 화물칸이랑 연결되는 범퍼가 있어. 그곳까지만 가면 기차 속도가 느려질 때 뛰어내릴 수 있을 거야."

"하지만 고향에 있는 가족들은 어쩌고요? 가족만 만날 수 있다면 시베리아에 가고 싶어요."

내 말을 들은 미콜라의 눈이 커졌다.

"얘야, 그들이 너의 아버지에 대해서 이야기해 준 것을 못 들었구나."

"아버지요?"

"네가 기절을 한 게 분명해. 내 가족, 그리고 너의 아버지는 죽었어. 그들이 캠프에서 했던 이야기는 우리를 끌어내기 위한 미끼였던 거야."

그 말을 이해하는 데 시간이 꽤 걸렸다. 그리고 기억이 났다. 완전히 다는 아니지만, 기억이 났다.

어떻게 이런 바보 같은 짓을 할 수가 있단 말인가. 나는 리다를 버리고 내 엄마를 찾을 기회도 놓쳐버렸다. 무엇을 위해서였던가. 아버지가 살아계시다는 희망만 쫓아 여기까지 온 것이다. 지금의 현실이 뼈아프게 다가왔다. 이제 나는 다시는 고향에 돌아갈 수 없다. 나에게는 남은 것이 아무것도 없었다.

하지만 그 말은 잃을 것도 없다는 뜻이었다. 그들의 계획은 위험해 보였지만 시베리아도 마찬가지다. 그래서 나는 리다에게 돌아가기로 결심했다.

"루카, 부츠를 신지 않고는 갈 수가 없을 거야. 내 것을 가져가."

안드리가 말했다.

"안드리, 네 부츠를 가져가지 않을 거야. 나와 같이 가지 않을래?"

안드리는 부러진 팔을 들어보였다.

"이 팔로 갈 수 있을 거라고 생각해? 내가 시간을 벌게. 기회를 잡아야지."

안드리는 멀쩡한 팔로 부츠의 끈을 풀어서 나에게 줬다.

"받아. 넌 내 목숨을 두 번이나 구해줬어. 이제 내 차례야."

나는 미안함과 고마움에 머뭇거렸지만 결국 안드리의 끈질긴 성화에 부츠를 받았다.

못질한 나무판자를 떼어 내는 데에는 시간이 그리 오래 걸리지 않았다. 미콜라 아저씨가 먼저 발을 내밀었다. 도와주려고 했지만 사람들이 나중을 위해 힘을 아껴두라고 했다. 미콜라 아저씨는 다리를 밖으로 내밀고 조금씩 몸을 이동했다. 나중에는 손가락만 남았다가 몸이 다 사라졌다.

기차 소리가 너무 커서 미콜라 아저씨가 무사히 가고 있는지 알 길이 없었다. 사람들은 한 명씩 밖으로 나갔다. 내 차례가 되었다. 다리를 밖으로 내밀자 바람에 옷깃이 마구 펄럭였다. 마지막으로 화물칸 안의 사람들에게 인사를 하고 나도 밖으로 몸을 내밀었다.

"잘 가."

부츠를 벗은 안드리가 나에게 행운을 빌어 주었다.

때는 한낮이었다. 미콜라 아저씨가 화물칸 벽에 몸을 바싹 붙인 채 범퍼 위에 서 있었다. 나는 앞선 사람들을 따라 몸을 조금씩 움직여 범퍼 쪽으로 이동했다. 발을 범퍼 위에 올리고 손으로 겨우 금속 연결고리를 붙잡았다.

바닥이 어지러울 정도로 빠르게 움직였다. 뛰어내릴 수 있을까 생각하는 와중에 몇몇 사람이 조심하라는, 행운을 빈다는 짧은 말을 남긴 채 뛰어내렸다. 맨 먼저 나간 미콜라 아저씨가 마지막까지 남아 나에게 행운을 빌어주고는 뛰어내렸다. 쾅 부딪치는 소리와 함께 비명이 들렸다. 미콜라 아저씨가 무사히 착지했는지 궁금했지만, 나는 정신을 가다듬고 나에게 집중하기로 했다.

나는 미콜라 아저씨가 섰던 곳으로 조심조심 가서 기차 뒤로 고개를 돌렸다. 앞에는 다리가 다가오고 있었다. 뛰어내리기 좋은 곳은 아니었다. 다행히도 다리를 지난 뒤에 언덕이 나와서 기차 속도가 조금 줄었다.

나는 몸을 내던졌다. 바닥에 떨어지자마자 몸을 둥글게 말았다. 언덕 아래로 어지럽게 구르는데 멈출 수가 없었다. 그러다가 나무에 쿵 부딪치고 겨우 멈췄다. 일어났지만 너무 어지러워서 바로 주저앉았다. 팔에 긁힌 상처가 수없이 있었고 얼굴을 만졌던 손바닥에는 피가 묻어나왔다. 하지만 뼈가 부러진 곳은 없었다. 나는 나뭇가지와 흙을 털어내고 덤불 사이를 걸었다. 미콜라 아저씨가 있는지 살펴봤지만 찾을 수 없었다. 떨어지면서 다쳤을 것이다. 하지만 얼마나 다쳤는지 알 길이 없었다. 아니, 곧 알게 되었다.

미콜라 아저씨가 보였다. 머리 한쪽이 깨진 채 울퉁불퉁한 바위 위에 망가진 인형처럼 널브러져 있었다. 그는 자유를 얻었지만 더 이상 살아있지 않았다. 미콜라 아저씨에게 편지를 수없이 보냈을 가족은 그의 죽음을 알지 못할 것이다.

나는 바위 위에서 아저씨의 몸을 끌어내리고 나뭇가지로 덮어주었다. 제대로 된 장례를 치러줄 수는 없었지만 돌로 몸을 덮고 그 위에 흙을 뿌렸다. 무릎을 꿇고 그의 손에 입을 맞춰 마지막 인사를 했다. 그리고 낮은 목소리로 망자를 위한 노래를 읊조렸다. 나는 미콜라 아저씨를 잊지 않을 것이다.

기차역으로 걸어가는데 머리가 조금 어지러웠다. 군인들에게 맞고, 기차에서 떨어진 탓이다. 그래도 리다에게 돌아가야 한다는 생각만 하며 계속 걸었다. 다행히 안드리의 부츠를 신어서 발이 아프지 않았다. 안드리에게 너무나 미안했다. 신발 없이 소련 강제 수용소에서 어떻게 지낸단 말인가.

기차역에 도착했다. 소련 비밀요원들이 주위를 순찰하기 때문에 조심히 움직여야만 했다. 다행히 이런 생활에는 이골이 나 있었다.

길을 건너야 할 순간을 숨죽여 기다렸다. 그때 사람들이 얻어 맞는 소리가 들렸다. 눈을 질끈 감았다. 한참이 지난 후 비밀요원들이 사람들을 끌고 가 기차에 태웠다. 그리고 얼마 뒤 기차가 떠나자 군인들은 술을 마시기 시작했다. 얼마나 지났을까, 혀가 꼬인 목소리로 미루어보아 군인들 모두가 인사불성이 되었을 것 같았다. 나는 발소리를 죽인 채 걸었다. 살금살금 걷다가 이내 주먹을 불끈 쥐고 기찻길을 가로질러 미군 지역으로 내달렸다.

숨이 헉헉 막혔지만 기차역이 보이지 않을 때까지 계속 달렸다. 리다를 생각하며 고통을 견뎠다. 아버지가 돌아가셨다는 현실을 받아들였다. 이제는 선택의 여지가 없었다. 이제 어머니를 찾아야 한다. 그리고 이 세상에서 놓치고 싶지 않은 사람, 리다에게 돌아가야만 한다. 머리가 어지럽고 다리가 무거웠다. 그래도 끝까지 버티고 달렸다. 달리고 달렸다. 누군가 보았다면 걷고 있다고 말했을지도 모른다. 그래도 나는 달렸다. 쓰러질 때까지 절대 멈추지 않았다.

잠깐 눈을 떴을 때 군인이 말했다.

“병원으로 데려다줄게.”

“안 돼요. 저는 다시 난민 캠프로 돌아가야 해요.”

27장

리다에게

이후 몇 시간 동안은 기억이 없다. 깨어나 보니 병원이었다. 누더기 옷 대신 병원 가운을 입고 깨끗한 거즈가 팔과 다리에 붙어있었다. 처음에는 이들이 내 말을 들어주지 않아서 충격을 받았다. 나를 리다가 있는 곳으로 데려다주지 않고 병원으로 데려온 것이다.

하지만 곧 이마에 차가운 스펀지가 느껴지면서 익숙한 목소리가 들렸다.

“루카, 걱정 마. 이제 안전해.”

고개를 돌렸다. 나를 내려다보는 리다의 얼굴이 보였다. 눈이 빨갛게 부풀어 있었다. 일어나 앉으려고 했지만 어지러워서 다시 누웠다.

“리다, 너를 또다시 두고 간 걸 용서해주겠니?”

리다가 내 얼굴을 손으로 쓰다듬었다.

"루카, 용서할 일은 아무것도 없어."

"나의 아버지가… 돌아가셨대. 모든 것이 함정이었어. 네 말이 모두 옳았어. 그때 나와 함께 가지 않아서 정말 다행이야."

리다의 눈에 눈물이 고였다. 내 손을 잡고 입을 맞춰주었다.

"루카, 아버지가 돌아가셨구나."

우리 두 사람은 잠깐 아무 말도 하지 않았다. 나는 멍과 상처로 온몸이 아팠고 아버지가 돌아가셨다는 자각으로 마음이 무너질 것 같았다. 하지만 내 손을 잡은 리다의 손길이 영혼을 치유해주는 것처럼 따뜻했다. 리다는 나에게 화가 난 것이 아니었다. 모든 것을 이해해주었다.

"리다, 나를 떠나지 마."

리다는 아무 말이 없었다. 무슨 생각을 하는지 궁금했다. 잠시 후 리다가 미소를 지으며 떨리는 목소리로 말했다.

"여기에 내가 있잖아. 너를 떠나지 않을 거야."

그 말에 나는 멈칫했다. 리다의 말이 맞았다. 나의 미래가 지금 여기에 있는데, 과거를 쫓고 있던 것은 언제나 나였다.

"리다, 다시는 너를 두고 가지 않을게. 맹세해."

리다는 내 손을 계속 꼭 잡아주었다. 나는 겨우 힘을 내어 리다의 손을 끌어다가 입을 맞췄다.

"리다, 사랑해. 언제까지나 너를 사랑할 거야."

"루카, 나도 너를 사랑해. 너는 내 일부야."

리다가 머리를 내 어깨에 기댔다. 멍든 어깨가 아팠지만 상관없었다. 팔을 들어 리다를 안고 이마에 입을 맞췄다.

"너는 내 인생의 전부이고, 내 고향이고, 내 영혼이야."

***

상처가 나을 때까지 기다릴 시간이 없었다. 소련군이 나를 다시 찾아낼 것이다. 젬루크 선생님도 내 생각에 동의했다.

"루카, 그들이 다시 너를 찾아올 거야. 의심의 여지가 없구나."

리다와 나는 영국군 지역으로 피신했다. 다른 난민들과 함께 몇 주 동안 걷고 또 걸었다. 우리는 캠프마다 붙어 있는 수많은 메모를 살펴봤지만 가족에 관한 아무런 단서도 찾을 수 없었다. 마음속 깊이 나의 엄마와 리다의 동생이 모두 죽었을까 봐 두려웠다. 하지만 리다와 함께라면 그 어떤 일도 해낼 수 있다. 우리는 떠돌아다니는 삶에서도 작은 행복을 찾으려고 노력했다. 누더기 옷을 입은 채 갈 곳을 잃은 난민들이 사랑하는 사람을 찾고 살 곳을 찾는 것을 보면서, 나는 운이 좋다고 생각했다. 내 처지가 어떠하든 나에게는 리다가 있기 때문이다. 우리가 함께 있는 한 삶은 살아갈 만한 여정이다.

에필로그

우리 둘 다 기술이 있었기 때문에 영국 난민 캠프에서 곧 일자리를 찾았다. 리다는 바느질을 잘해 고객이 끊이질 않았다. 고국을 잃은 난민이 많았고 이들은 모두 망명할 나라가 필요했다. 난민 신청을 위해 인터뷰를 해야 했는데 말끔한 인상을 주는 것이 유리했다. 리다는 사람들이 좋은 인상을 주도록 도왔다.

독일인 약사 쉐프터 씨는 나를 조수로 채용해주었다. 리다가 바느질을 하는 것만큼 돈을 벌지는 못했지만 쉐프터 씨가 약에 대해 알고 있는 모든 것을 나에게 가르쳐주었다. 그는 우리 가족의 민간요법과 또 반군으로 활동하면서 배운 내용에 관심이 많았다.

5년 후, 나는 스무 살이 되었고 리다는 열여덟 살이 되었다. 우리의 삶은 예전과 크게 달라지지 않았다. 우리는 결코 오지 않을 것 같은 미래를 끊임없이 준비했다.

이듬해 리다가 라리사를 찾았다. 아니, 라리사가 리다를 찾았다고 해야 할까. 캐나다에서 편지가 한 통 왔다. 라리사와 양부모가 리다에게 함께 살자는 초청 편지를 보냈다. 그 얘기를 듣자마자 리다와 헤어질 생각에 마음이 찢어지는 듯했지만 애써 축하해주었다. 리다가 동생을 만나는 것은 평생 꿈에 그리던 일이었다.

"너무 잘됐다. 나도 기뻐."

리다는 내 눈을 지그시 바라보았다.

"루카, 나를 떠나지 않겠다고 약속했잖아. 내가 너를 두고 갈 것 같아? 내가 가는 곳에 너도 함께 가는 거야."

"내 어머니는 어떻게 하지?"

"우리가 캐나다에 간다고 해서 어머니를 찾지 못하는 것은 아니야."

그날 밤 나는 우리의 미래가 어떻게 될지 생각하느라 잠을 이루지 못했다. 나의 미래는 리다와 새 가족과 함께할 것이다. 하지만 그곳으로 떠나기 전에 해야 할 일이 있었다. 이제 우리는 나이가 찼다. 때가 됐다.

근처 보석 가게에 가서 결혼반지를 보여달라고 했다. 점원은 검은 벨벳 상자를 꺼내 보여줬다. 반짝이는 반지들이 수십

개가 꽂혀 있었는데, 내가 살 수 있는 것은 중고 반지뿐이었다. 누군가의 손에서 되돌아온 결혼반지는 안 좋은 사연을 가지고 있을 터였다. 새 결혼반지를 사고 싶었다. 반지 중 은으로 된 제품도 있었다. 나는 라일락 화환 문양이 새겨진 반지를 집어들었다. 완벽했다.

그날 저녁 나는 리다의 기숙사로 갔다. 리다가 문을 열었을 때 나는 무릎을 꿇고 반지를 내밀었다.

"리다, 나와 결혼해주겠니?"

이날은 내 인생에서 가장 기쁜 날이었다.

***

일 년 후 우리는 캐나다에 도착해 최신식 기차를 타고 브랜트퍼드 역에 내렸다. 리다의 눈은 기대감에 반짝반짝 빛났다. 나는 선반에서 우리 가방을 내렸다. 그리 크지 않은 짐가방 하나가 전부였다.

플랫폼에 있는 사람들 가운데 라리사를 한눈에 알아봤다. 리다와 너무나 닮은 사람이 라일락 꽃다발을 들고 서 있었다. 리다보다 키가 약간 작았고 머리 색이 더 밝았지만, 눈과 코와 미소가 꼭 닮았다.

리다와 라리사는 끌어안고 기쁨의 눈물을 흘렸다.

"마루시아 아주머니와 이반 아저씨의 도움이 없었다면 언니를 결코 찾지 못했을 거야."

라리사가 말했다. 그제야 중년의 부부가 한쪽에 서 있는 것이 보였다.

"네가 루카구나. 캐나다에 온 것을 환영한다."

마루시아 아주머니가 말했다. 이반 아저씨는 나에게 손을 내밀었고 나는 그 손을 굳게 잡고 악수를 했다. 그리고 우리 다섯 명은 잠시 어색하게 서 있었다.

이반 아저씨의 차를 타고 기차역에서 집으로 가는 길에 여러 가지 감정이 들었다. 리다가 동생을 찾아서 기뻤고 마루시아 아주머니와 이반 아저씨가 나를 캐나다로 올 수 있게 도와주어 감사했다. 하지만 리다가 가족을 찾아서 느끼는 감정을 나도 느끼고 싶었다. 할아버지와 아버지는 돌아가셨다. 마르티나와 다비드도 그렇다. 엄마를 찾을 수 있을까. 고향으로 돌아갈 수 있을까. 새로운 곳에 적응해 살 수 있을까. 모든 것이 두려웠다.

"다 왔다."

이반 아저씨가 작은 나무집 앞에 차를 세웠다. 집으로 걸어가는 길은 마치 과거로 되돌아가는 길 같았다. 주방에서 익숙한 치킨 수프 냄새가 났고, 집 안에는 은은한 라일락 냄새도

났다.

우리 다섯 명은 만두와 호밀빵을 곁들인 간단한 저녁을 먹었다. 수용소, 숲속, 난민 캠프에서 오래 지냈던 나는 이들의 평범한 삶이 주는 분위기에 압도당했다. 마루시아 아주머니와 이반 아저씨도 전쟁을 겪었다. 특히 라리사는 힘든 일들을 겪었지만, 고통스러운 기억을 이겨내고 자신의 삶을 일궈내고 있었다. 그런 내 마음을 알아차리기라도 한 듯 마루시아 아주머니가 나를 보고 웃었다.

"루카, 우리는 공통점이 많구나. 그리고 우리 앞에는 희망찬 미래가 있어. 네가 이곳에서 행복해질 것 같은 느낌이 드는구나."

마루시아 아주머니의 말에는 진심이 담겨 있었다. 나는 리다와 눈을 맞추고 미소를 지었다. 그렇다. 나는 행복해질 것이다.

작가의 말

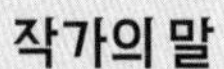

앞서 펴낸 책 〈소녀, 히틀러에게 이름을 빼앗기다〉와 〈소녀, 히틀러를 위해 폭탄을 만들다〉는 나치에 의해 붙잡힌 두 어린 자매가 완전히 다른 인생을 살게 되는 이야기를 그리고 있다.

루카도 마찬가지로 나치에 의해 붙잡히지만, 이후 탈출하여 나치와 소련군에 대항하는 용감한 사람들의 세계로 독자를 인도한다.

나는 우크라이나 반군(Ukrainian Insurgent Army, UPA)에 대해 20년 전 처음 알게 되었다. 20세기 최고의 두 폭군에 맞서 싸웠던 조직에 대해 상상조차 할 수 없었다. 사람들은 산과 숲에 숨어 본부와 병원을 세우고 억압에 저항했다. 이들은 자신의 목숨을 기꺼이 내던지면서까지 조국의 자유를 위해 싸웠다.

1999년까지도 나는 이들의 이야기를 믿을 수 없었다. 그러다 캐나다 온타리오주의 맥마스터 대학교 정치학 명예교수 피터 J. 포티츠니야를 만났다. 그는 14세에 UPA에 가담한 적이 있었다. 자신의 반군 활동을 책으로 펴낸 것은 물론 수십 년 동안 UPA에 대한 자료를 조사했다. 그 결과 UPA 관련 기록물 〈UPA 연대기〉의 편집장을 맡아 115권에 달하는 자료를 출간하기도 했다. 대부분 우크라이나어로 쓰인 자료였다.

포티츠니야 교수님의 조언이 없었다면 나는 이 책을 쓰지 못했을 것이다.

이 책에서 루카와 마르티나가 겪은 전쟁과 사고들은 실화를 기반으로 했다. 루카와 마르티나는 실존 인물들에 영감을 받아 만들어졌다. 책에 등장하는 마을들 역시 허구이나 실제 지역을 참고로 했다.

***

루카의 이야기는 실제 역사적 사건을 기반으로 한다.

〈바비 야르〉는 키예프에 위치한 협곡으로 유대인 묘지 옆에 있다. 1941년 9월 29일부터 30일까지 이틀 동안 나치는 이곳에서 33,771명의 유대인을 학살했다. 이는 제2차 세계대전 중 일어난 학살 가운데 가장 많은 사람이 죽은 사건이었다. 전쟁이 끝나갈 무렵 바비 야르에는 집시, 우크라이나인, 소련 전쟁 포로들을 포함해 십만 명 이상의 희생자가 있었다는 주장도 있다.

〈비키브니아〉는 키예프 외곽 북동쪽 숲에 위치한 마을이다. 1936년부터 1941년 사이에 소련은 이 지역을 집단 학살 장소로 사용하고 시신들을 비밀리에 구덩이에 묻었다. 십만 명 이상의 우크라이나인과 다른 민족이 소련 비밀요원(NKVD)에 의해 고문과 학살을 당했고 이 지역에 묻혔다.

나치에 붙잡혔지만 살아남은 우크라이나 사람들은 전쟁이 끝나고 소련으로 송환되었다. 이들은 바로 처형되거나 다시 시베리아의 악명 높은 수용소에 갇혔다. 스탈린은 나치에 붙잡혔던 사람들이 고국을 배신했다고 생각했기 때문이다. 그래서 서양으로 망명하려던 사람들은 다시 소련으로 돌려보내지는 것을 두려워해서 나치 수용소에 잡혔던 일을 숨기기도 했다. 이 이야기는 1991년 소련이 해체된 이후에야 비로소 알려졌다.

〈오스타베이터(동유럽 노동자)〉는 나치가 수백만 명의 젊은 노동자들에게 붙인 이름이다.

이들 대부분은 현재 우크라이나 동쪽 지역 출신이고 강제 노역에 동원되었다. 이들은 OST라는 글자가 새겨진 배지를 착용했다. 300만 명에서 550만 명 정도의 오스타베이터들이 나치 치하에서 가혹한 노동을 견뎌야 했고 그중 많은 사람이 일하다가 죽었다. 일부는 독일 군수품 공장에서 일을 했는데 전쟁이 나면 군수품 공장이 가장 먼저 폭격을 받았다.

〈소련 비밀요원(NKVD)〉은 악명 높은 비밀경찰단이다. 이들은 소련의 적으로 간주되는 사람이나 조직에 무자비한 테러를 가했다.

〈이오시프 스탈린〉은 1953년 사망까지 소련을 지배하던 독재자다. 1933년과 1934년 겨울 우크라이나 동쪽 지역에서 음식을 차출해 수백만 명의 지역 사람들이 굶어 죽었다. 홀로도모르라는 대기근 학살로 알려져 있다.

한국인, 폴란드인, 독일인, 체코인, 타타르인 등 많은 사람이 자신의 고향에서 시베리아, 중앙아시아, 그 밖의 잔혹한 강제 수용소로 붙잡혀왔다. 이들 중 살아남은 사람은 극히 일부였다. 스탈린은 노숙자, 실업자, 과거의 귀족들을 '사회적으로 결함이 있는 사람들'이라는 명목으로 처형했다.

얼마나 많은 사람이 스탈린 치하에서 죽었는지 정확하게 알 수는 없다. 대략 1500만 명에서 2000만 명 정도일 것으로 짐작된다.

제2차 세계 대전이 일어나고 2년 동안 스탈린은 히틀러와 함께 연합군에 대항했다. 1941년 6월 히틀러가 소련을 공격한 이후 연합군이 스탈린을 같은 편으로 받아들였다.

〈우크라이나 반군(UPA)〉은 잘 정비된 게릴라 반군 조직이다. 우크라이나 독립을 위해 싸웠던 민간 군대로, 여자와 남자 모두가 고국을 위해 싸웠다. UPA는 나치와 소련 모두에 대항해 우크라이나 전역에서 조직되었고, 주로 볼린, 카르파티아산, 우크라이나 서쪽 숲 지역에 집중해 활동했다. UPA는 나치와 소련의 잔혹한 통치에 저항해 국적이나 나이에 상관없이 대원을 모집했다. 물론 대부분은 우크라이나인들이었다. 가장 활발하게 활동하던 시기에는 그 수가 4만 5천 명에서 6만 명에 달했다.

바람청소년문고13

소년, 히틀러에 맞서 총을 들다 월간 책씨앗 선정

펴낸날 초판 1쇄 2021년 5월 26일 | 초판 4쇄 2023년 10월 20일
글쓴이 마샤 포르추크 스크리푸치 | **옮긴이** 백현주 | **표지그림** 다나
편집 박종진 | **디자인** 김윤희 | **홍보마케팅** 배현석 송수현 | **관리** 최지은 이민종
펴낸이 최진 | **펴낸곳** 천개의바람 | **등록** 제406-2011-000013호
주소 서울시 영등포구 양평로 157, 1406호
전화 02-6953-5243(영업), 070-4837-0995(편집) | **팩스** 031-622-9413
ISBN 979-11-6573-169-4 43840